| 16 | 3 | 2 | 13 |
|---|---|---|---|
| 5 | 10 | 11 | 8 |
| 9 | 6 | 7 | 12 |
| 4 | 15 | 14 | 1 |

Coleção LESTE

Fiódor Dostoiévski

# CRÔNICAS DE PETERSBURGO

*Tradução, prefácio e notas*
*Fátima Bianchi*

editora 34

EDITORA 34

Editora 34 Ltda.
Rua Hungria, 592 Jardim Europa CEP 01455-000
São Paulo - SP Brasil Tel/Fax (11) 3811-6777 www.editora34.com.br



Título original:
*Peterbúrgskaia Liétopis*

Imagem da capa:
*Vues de capitales: St. Pétersbourg-Perspective Newsky, cartão-postal do Véritable Extract de Viande Liebig, s/d, © The Print Collector/Alamy Stock Photo*

Capa, projeto gráfico e editoração eletrônica:
*Bracher & Malta Produção Gráfica*

Revisão:
*Alberto Martins, Danilo Hora*

1ª Edição - 2020 (2ª Reimpressão - 2023)

CIP - Brasil. Catalogação-na-Fonte
(Sindicato Nacional dos Editores de Livros, RJ, Brasil)

Dostoiévski, Fiódor, 1821-1881
D724c Crônicas de Petersburgo / Fiódor Dostoiévski; tradução, prefácio e notas de Fátima Bianchi. — São Paulo: Editora 34, 2020 (1ª Edição).
96 p. (Coleção Leste)

Tradução de: Peterbúrgskaia Liétopis

ISBN 978-65-5525-041-1

1. Literatura russa. I. Bianchi, Fátima. II. Título. III. Série.

CDD - 891.7

CRÔNICAS DE PETERSBURGO

# DOSTOIÉVSKI, FOLHETINISTA

*Fátima Bianchi*

A obra de ficção de Fiódor Mikháilovitch Dostoiévski (1821-1881), já conhecida do leitor brasileiro, encontra-se hoje publicada na íntegra em nosso país, em traduções diretas do original em russo, pela Editora 34. O que poucos sabem, no entanto, é que Dostoiévski foi também um jornalista de carreira. Os artigos e outros materiais jornalísticos em geral que ele escreveu foram publicados em sua grande maioria em revistas literárias fundadas e/ou editadas por ele próprio. Trata-se de um aspecto de seu trabalho que contém elementos de extrema importância para iluminar a prática da sua escrita e é visto hoje como um fenômeno extraordinário na história da literatura e do jornalismo russos.

No volume *Contos reunidos*,[1] procuramos dar uma pequena amostra do conteúdo heterogêneo dos materiais publicados em seu *Diário de um escritor*, que mescla os vários gêneros da narrativa curta a que ele se dedicou. Já seu trabalho jornalístico anterior, que inclui os folhetins publicados no jornal *Sankt-Peterburgskie Viédomosti* [*Notícias de São Petersburgo*], na seção intitulada "Peterbúrgskaia Liétopis", isto é, "Crônica de Petersburgo" — referidos no título deste livro no plural como *Crônicas de Petersburgo* —, só mais recentemente se tornou objeto de interesse especial para os pes-

[1] Fiódor Dostoiévski, *Contos reunidos*, organização e apresentação de Fátima Bianchi, vários tradutores, São Paulo, Editora 34, 2017.

quisadores de sua obra, que ainda têm pela frente a tarefa de determinar o grau de influência dos elementos do folhetim na poética do escritor.

O gênero do folhetim não apenas surge como uma etapa inicial da atividade literária de Dostoiévski, mas tornou-se um elemento importante de sua obra como um todo. Neste volume, nos propomos a apresentar ao leitor esse aspecto pouco conhecido de seu trabalho com uma tradução inédita de seus folhetins impressos na seção dominical "Crônica de Petersburgo" e do anúncio que ele escreveu para o almanaque *O Trocista*, que guarda estreita relação com este gênero. Em sua forma "pura", isto é, com todas as definições do gênero, Dostoiévski criou apenas alguns folhetins, os do ciclo da "Crônica de Petersburgo", de 1847, e o folhetim *Sonhos de Petersburgo em verso e prosa*, de 1861,[2] este último para o número de estreia da revista *Vriêmia* [*O Tempo*], fundada por ele e o irmão.

A publicação, neste livro, do "anúncio" ao lado dos folhetins da "Crônica de Petersburgo" justifica-se plenamente quando levamos em consideração a maneira como Dostoiévski compreendia o gênero, amplamente exposto por ele em *Sonhos de Petersburgo em verso e prosa*. Nesse texto de 1861, ao criticar a repetição cansativa das "novidades" fornecidas pelos folhetinistas de plantão na época, que ficavam todos repisando "a mesma coisa sobre a mesma coisa" sem sequer evitar as mesmas palavras, o autor observa: "Será que o folhetim traz apenas uma lista das novidades palpitantes da cidade? Parece que você pode enfocar tudo com o seu próprio olhar, sedimentar com seu próprio pensamento, dizer sua própria palavra, *uma nova palavra*". Mas e a originali-

[2] Publicado em *Dois sonhos: O sonho do titio e Sonhos de Petersburgo em verso e prosa*, tradução, posfácio e notas de Paulo Bezerra, São Paulo, Editora 34, 2012.

dade que isso requer, "onde consegui-la?", pergunta o autor. E responde: "Para isso é preciso inteligência, perspicácia, talento!". E, mais adiante, conclui: "sem ardor, sem pensamento, sem ideias, sem vontade tudo vira rotina e repetição, repetição e rotina", quando "na nossa época o folhetim é... é quase o assunto principal".[3]

De fato, sua extensão relativamente breve, a posição adotada pelo autor, a capacidade de uma cobertura abrangente de eventos e fenômenos, em geral apresentados por meio da ironia e do humor, fizeram do folhetim um gênero com grandes possibilidades de responder rapidamente às mudanças que ocorriam nas esferas da vida social, política e literária não só na capital russa, mas em todo o país, nas décadas de 1840 a 1860. Possibilidade esta que o autor explorou com "ardor", com "pensamentos" e com "ideias" já em seu primeiro texto jornalístico, dando a ele o mais sério significado literário.

## *O Trocista*

Na primavera de 1845 Dostoiévski foi introduzido ao círculo literário de Vissarion Bielínski pelas mãos de Nikolai Nekrássov, também um jovem poeta na época e editor da revista *Sovremiênnik* [*O Contemporâneo*], após este ler em êxtase, em uma noite, os manuscritos de seu primeiro romance, *Gente pobre*. Com seu ingresso no círculo, Dostoiévski foi de imediato integrado a um dos vários projetos literários concebidos por Nekrássov, que estava então completamente absorvido com a criação de um almanaque humorístico chama-

[3] *Sonhos de Petersburgo em verso e prosa*, em *Dois sonhos*, *op. cit.*, pp. 190-1.

do *O Trocista*, cujo primeiro número deveria ser lançado em novembro do mesmo ano. Portanto, ao mesmo tempo em que se dedicava a escrever seu romance *O duplo* (que viria à luz em 1846), Dostoiévski também estava fortemente envolvido com a publicação desse almanaque.

Muito do que se sabe a respeito do primeiro período da carreira literária de Dostoiévski se deve principalmente à sua correspondência com o irmão mais velho, Mikhail. Numa carta datada de 8 de outubro, muito empolgado, ele comenta sobre o almanaque concebido por Nekrássov, que deveria ser publicado quinzenalmente, nos dias 7 e 21 de cada mês. Na carta, Dostoiévski faz uma descrição breve, mas bastante abrangente, das características da publicação a que estavam dando início, que depois se desdobraria no texto do anúncio, o qual ele ficara encarregado de escrever:

> "Nekrássov é um aventureiro por natureza, de outro modo não conseguiria sequer existir, pois foi assim que nasceu — e, por isso, no mesmo dia de sua chegada, veio à noite me apresentar um projeto de um pequeno almanaque, que será temporário e estará à disposição de toda a comunidade literária, mas cujos editores principais serão eu, Grigoróvitch e Nekrássov. [...] Seu nome será *Zuboskál* [*O Trocista*]; seu objetivo é fazer troças e rir de todo mundo, sem poupar ninguém, colar-se ao teatro, às revistas, à sociedade, aos transeuntes nas ruas, a exposições, a notícias de jornais, a notícias estrangeiras, em suma, a tudo, tudo dentro de um mesmo espírito e de uma mesma tendência... Pegamos a epígrafe das famosas palavras de Bulgárin no folhetim *Siévernaia Ptchelá* [*Abelha do Norte*], que diz: 'Estamos dispostos a morrer pela verdade, não podemos viver sem a verdade' etc... Isto tam-

bém estará escrito no anúncio, que sairá em 1º de novembro."[4]

O anúncio escrito por Dostoiévski foi publicado na revista *Otiétchestvennie Zapiski* [*Anais da Pátria*], tomo 43, de novembro de 1845, precedido da seguinte introdução de seus editores: "Alguns de nossos escritores se comprometeram a compilar suas obras num almanaque humorístico e nos pediram para imprimir o seguinte anúncio sobre o livro, que deverá ser publicado em novembro deste ano".[5]

Em sua explanação ao irmão sobre o empreendimento, ele ainda comenta que, para o primeiro número, tinha a intenção de escrever os contos "Memórias de um lacaio sobre seu senhor" (projeto que não vingou), "Romance em nove cartas" e, em coautoria com Nekrássov e Dmitri Grigoróvitch, a "farsa" "Como é perigoso entregar-se a sonhos de vaidade".[6] E termina a carta dizendo que: "É um bom negócio; pois, por menor que seja o lucro, só a minha parte pode me render uns 100-150 rublos por mês".[7] Dada a precariedade de sua situação, essa soma, durante os doze meses em que o almanaque seria editado, certamente teria sido providencial para resolver seus problemas financeiros.

Na correspondência seguinte com o irmão, Dostoiévski comenta a celebridade que havia conquistado: "Pois é, meu irmão, acho que minha fama nunca mais chegará a esse au-

[4] Fiódor Dostoiévski, carta de 8 de outubro de 1845, *Pólnoie sobránie sotchiniénii v tridtsatí tomakh* (*PSS*) [Obras completas reunidas em trinta volumes], vol. 28/1, Leningrado, Ed. Naúka, 1985, pp. 113-4.

[5] *PSS*, *op. cit.*, vol. 18, p. 213.

[6] Para "Romance em nove cartas" e "Como é perigoso entregar-se a sonhos de vaidade", ver *Contos reunidos*, *op. cit.*, pp. 77-88 e 29-50, respectivamente.

[7] *PSS*, *op. cit.*, vol 28/1, p. 114.

ge de agora. Por todo lado uma consideração incrível, uma curiosidade impressionante a meu respeito. [...] Todos me tomam por um prodígio". E mais adiante ele volta ao assunto do almanaque:

> "Nekrássov, entre outras coisas, deu início a *O Trocista*, um almanaque humorístico fascinante, para o qual escrevi o anúncio. O anúncio deu o que falar, já que essa é a primeira vez que aparece uma coisa desse tipo com tanta leveza e tanto humor. Isso me lembrou do primeiro folhetim de Lucien de Rubempré. O meu anúncio já foi impresso na seção de 'Notícias Diversas' de *Anais da Pátria*."[8]

Quando surgiu o anúncio de *O Trocista*, em novembro de 1845, revelando as suas aptidões como folhetinista, Dostoiévski, à espera da publicação de seu primeiro romance, já gozava de uma fama inusitada. Por sua simples menção a Lucien de Rubempré, o protagonista de *Ilusões perdidas* (1837-1839), de Honoré de Balzac, já se pode perceber o quanto ele, também um jovem escritor de 24 anos na época, se sentia atraído pelo sucesso repentino. Essa comparação de seu anúncio com o folhetim de Lucien de Rubempré, certamente, não foi casual. Não há dúvidas de que ele procurou assumir o papel do herói de Balzac e se inspirou no primeiro folhetim dele para compor seu anúncio. Essa referência ao herói francês, segundo o crítico Leonid Grossman, ia precisamente ao encontro de seus interesses literários nesse período: "É evidente que ele tinha em vista aqui os primeiros passos de Lucien em sua carreira como jornalista em Paris, des-

[8] Carta de 16 de novembro de 1845, *PSS*, *op. cit.*, vol. 28/1, pp. 115-6. O anúncio foi publicado na seção "Crônica Bibliográfica" no nº 11, tomo 43, da revista *Anais da Pátria* (*PSS*, *op. cit.*, vol. 1, p. 500).

critos na segunda parte de *Ilusões perdidas*",[9] onde Balzac faz a seguinte caracterização do gênero:

> "Lucien leu-lhes então um dos deliciosos artigos que fizeram depois a fortuna do jornalzinho, e nos quais, em duas colunas, se pintavam detalhes íntimos da vida parisiense, um personagem, um tipo, um acontecimento normal, ou algumas singularidades. A amostra, intitulada *Os transeuntes de Paris*, fora escrita de certa maneira nova e original na qual a ideia resultava sobretudo do choque das palavras, na qual o tilintar dos verbos e adjetivos despertava a atenção. O artigo era tão diferente do grave e profundo trabalho sobre Nathan, como as *Cartas persas* diferem de *O espírito das leis*."[10]

Nessa sua primeira incursão jornalística no gênero do folhetim, Dostoiévski põe à prova a sua força criativa, ao tentar seguir o mesmo modelo de humor e de estilo empregados por Balzac, aproveitando vários dos procedimentos estilísticos do ensaio "fisiológico" francês; o que, aliás, também foi feito por muitos outros escritores da chamada "Escola Natural", como Aleksandr Herzen, Ivan Gontcharov, Ivan Turguêniev, Dmitri Grigoróvitch e Mikhail Saltikov-

[9] Leonid Grossman, *Poética Dostoiévskogo* [A poética de Dostoiévski], Moscou, Gossudárstviennaia Akadiémiia Khudójestvenikh Nauk [Academia Estatal de Ciências da Arte], 1925, p. 69.

[10] Conforme nota à edição de *Ilusões perdidas* (tradução de Ernesto Pelanda e Mário Quintana, São Paulo, Abril, 1981, p. 199), o texto apresentado no romance por Lucien de Rubempré, "Os transeuntes de Paris", seria uma reminiscência de *A teoria do andar*, pequeno ensaio pilhérico de Balzac, publicado em 1833, e das diversas "fisiologias" tão populares na época, das quais o romancista compôs mais de uma. *Cartas persas* e *O espírito das leis* são obras de Montesquieu.

-Schedrin. Segundo Grossman, "Dostoiévski tinha lido tudo de Balzac nesse período, lido ao ponto de imitá-lo, ao ponto de sentir a necessidade de traduzir e compartilhar o trabalho de Balzac, ao ponto de adotar a terminologia e o estilo de seu ídolo literário".[11] Grossman observa ainda que mesmo na linguagem de suas cartas da época se pode sentir a influência de Balzac. Ao falar da imensa atração que Balzac exercia sobre Dostoiévski, Dmitri Grigoróvitch diz que ele o considerava "imensamente mais elevado que qualquer outro escritor francês".[12] Não por acaso, da fase imediatamente anterior ao seu ingresso na carreira de escritor, consta uma tradução do romance *Eugénie Grandet*, que foi impresso em 1844, sem a assinatura do tradutor, em dois números da revista *Repertuar i Panteon* [*Repertório e Panteão*].

Após a publicação do anúncio, no entanto, *O Trocista* foi proibido pela censura, o que deixou Nekrássov bastante desapontado. Mas, como comenta Grigoróvitch em suas recordações: "Nekrássov era uma pessoa obstinada e perseverante; a proibição de *O Trocista* não abalou as suas atividades editoriais. Ele logo bolou uma nova publicação: *Primeiro de Abril*".[13] E, assim, a maioria dos materiais que estavam destinados a *O Trocista* foi publicada no ano seguinte no novo almanaque.

Grigoróvitch escreve em suas memórias que o motivo da proibição foi "uma frase descuidada no anúncio: *O Trocista* rirá de tudo o que for digno de riso".[14] A bem da ver-

[11] Leonid Grossman, *Poética Dostoiévskogo* [A poética de Dostoiévski], *op. cit.*, p. 69.

[12] *F. M. Dostoiévski v vospominâniiakh sovremiênnikov* [Dostoiévski nas lembranças de seus contemporâneos], Izdátelstvo Khudójestvennaia Literatura [Editora Literatura Artística], s/l, 1964, vol. 1, p. 130.

[13] *PSS*, *op. cit.*, vol. 18, p. 301.

[14] *PSS*, *op. cit.*, vol. 18, p. 214.

dade, a frase a que Grigoróvitch atribui a proibição do periódico humorístico nem consta do texto impresso do anúncio, conforme observa Ievguênia Kiiko, comentadora do anúncio nas *Obras completas* de Dostoiévski. No entanto, como o próprio crítico aponta, ela transmite com precisão o significado geral do anúncio: seu autor escreveu que *O Trocista* vê "os bastidores", quando outros "veem apenas e unicamente a fachada", logo, *O Trocista* pode ser encontrado "nos becos e nas esquinas mais afastados de Petersburgo".[15] É provável que tenha contribuído para a proibição uma tendência de aspecto acusatório e satírico, que se pode perceber na concepção da publicação pelas seguintes palavras do autor: "a primeira coisa, a coisa mais importante para ele, é a verdade. A verdade acima de tudo. *O Trocista* será o eco da verdade, o clarim da verdade, defenderá a verdade dia e noite, será seu baluarte, seu guardião".

No texto, Dostoiévski anuncia ainda que o narrador, talvez "o único *flâneur* nascido em solo petersburguense", a partir do qual seria conduzida a narrativa, apresentaria Petersburgo aos seus leitores. Dostoiévski se impôs a mesma tarefa como autor da seção "Crônica de Petersburgo", com a diferença de que, ao reunir suas notas no jornal no formato de folhetim, ele teve de relacionar a temática delas com os acontecimentos correntes da vida na capital.

## O folhetim "Crônica de Petersburgo"

O terceiro trabalho impresso de Dostoiévski, seu romance de estreia *Gente pobre*, saiu no número de janeiro de 1846 do almanaque *Peterburgskii Sbornik* [*Coletânea de Peters-*

[15] *F. M. Dostoiévski v vospominâniiakh sovremiênnikov* [Dostoiévski nas lembranças de seus contemporâneos], *op. cit.*, vol. 1, p. 130.

*burgo*], e seu autor foi logo aclamado como o principal nome do movimento literário conhecido como Escola Natural. Apenas um mês depois, em fevereiro, vem à luz o seu segundo romance, *O duplo*, na revista *Anais da Pátria*. Os críticos e escritores ligados à Escola Natural, decepcionados com o autor pela falta de objetividade que viram nesta obra, passaram a isolá-lo. Bielínski, mais indulgente em sua crítica, ainda que tenha rejeitado terminantemente o que chamou de "colorido fantástico" no romance, teceu altos elogios à caracterização do herói.

Após o triunfo de *Gente pobre* e o fracasso de *O duplo* e, sobretudo, de sua obra seguinte, o conto "O senhor Prokhártchin",[16] publicado em outubro do mesmo ano também nos *Anais da Pátria*, chega ao fim o período de estreia literária do escritor. A fama que ele havia conquistado sofre um terrível revés. Bielínski, mesmo reconhecendo que neste último conto "cintilam fagulhas de um grande talento",[17] não compreendeu a obra e condenou injustamente seu autor.

Ao enfrentar esse primeiro golpe em seu método de trabalho, Dostoiévski chega à conclusão de que o estilo praticado pela Escola Natural, decididamente, não se adequava aos seus propósitos. De modo que, junto com o aprofundamento das divergências sobre literatura, vieram também seu rompimento definitivo com o círculo e o completo desvanecimento de todos os seus sonhos de glória, após uma estreia brilhante.

Com a reputação quase destruída, ele abandona todos os trabalhos iniciados e passa praticamente o ano inteiro de

[16] Ver *Contos reunidos*, *op. cit.*, pp. 51-76.

[17] V. G. Bielínski, "Vzgliad na rússkuiu literaturu de 1846" [Um olhar para a literatura russa de 1846], *Sobránie sotchiniéni v triókh tomakh*, Moscou, Gassudárstvienoe Izdátelstvo Khudójestvennói Literature [Editora Estatal de Literatura Artística], 1948, p. 675.

1847 desaparecido da vida literária. Dedicou-se, no entanto, a escrever a novela *A senhoria* e o romance *Niétotchka Niezvânova*, que ele sonhava concluir com êxito, esperando que tivessem uma boa recepção.

Em abril de 1847, ele escreve ao irmão: "Este já é o terceiro ano de minhas atividades literárias e me sinto como que atordoado. Não vejo a vida passar, não dá tempo nem de pensar; não sobra tempo para o conhecimento. Queria me estabelecer... O mal é esse, o trabalho urgente — se ao menos tivesse sossego!".[18]

Esse período de crise mexeu profundamente com Dostoiévski. Nos dois anos que antecederam sua prisão, realizada em abril de 1849 por sua participação no círculo de Pietrachévski, ele passou por grandes dificuldades financeiras, sobrevivendo de pequenos trabalhos diários que lhe eram passados por Andrei Kraiévski, o editor da revista *Anais da Pátria*, com quem contraía uma dívida atrás da outra. Ele começa então a colaborar com a redação do jornal *Sankt-Peterburgskie Viédomosti* [*Notícias de São Petersburgo*] e a escrever pequenos artigos por encomenda.

Numa carta um pouco anterior ao seu ingresso na vida literária, também dirigida ao irmão Mikhail, Dostoiévski havia dito: "Seja o que for que aconteça, jurei que, custe o que custar, me manterei firme e não escreverei por encomenda. Trabalhos feitos por encomenda oprimem e estragam tudo. Decididamente, quero que cada uma das minhas obras seja boa".[19] Nesse momento, ele não podia adivinhar o número de vezes em que se veria obrigado a quebrar esse juramento. Apenas um ano e meio depois, já completamente endividado pelo sistema de empréstimos com seu editor, ele se queixava de que: "O sistema de dívidas constantes proporcionado por

[18] *PSS*, *op. cit.*, vol. 28/1, p. 141.

[19] Carta de 24 de março de 1845, *PSS*, *op. cit.*, vol. 28/1, p. 107.

Kraiévski é o sistema da minha dependência e escravidão literária".[20] E, na carta seguinte, fala do infortúnio que é "ter de trabalhar como assalariado". "Você destrói tudo, o seu talento, a sua juventude, a sua esperança. Trabalhar se torna uma coisa repulsiva..."[21]

A necessidade desesperada de dinheiro, no entanto, o forçava a compor coisas "amenas", que antes ele teria considerado uma ofensa à sua dignidade. Como recorda Ivan Petróvitch, o herói e narrador de *Humilhados e ofendidos*, *alter ego* de Dostoiévski: "[eu] colaborava em algumas revistas, escrevia pequenos artigos e tinha a firme convicção de que havia de chegar a escrever alguma obra grande e boa".[22]

Nesse momento tão crítico de sua vida, Dostoiévski recebe uma proposta do jornal quinzenal *Notícias de São Petersburgo*, um periódico literário e político de viés conservador, para escrever os folhetins de sua seção dominical. Os folhetins tinham um nome fixo, "Peterbúrgskaia Liétopis", precisamente "Crônica de Petersburgo". Além de Dostoiévski, vários outros nomes se alternaram em sua redação, entre eles o seu amigo Aleksei Pleschêiev, folhetinista do jornal *Russkii Invalid* [*O Inválido Russo*].

Dostoiévski assinou com as iniciais *F. D.* os folhetins das edições de 27 de abril, 11 de maio, 1º de junho e 15 de junho de 1847, nos números 93, 104, 121 e 133 do jornal, respectivamente. Até 1º de outubro de 1947 foram publicados nesta seção 24 folhetins com a denominação "Crônica de Petersburgo"; destes, sete tinham a assinatura *K. D. S.*, que

[20] Carta de 7 de outubro de 1846 ao irmão, *PSS*, *op. cit.*, vol. 28/1, p. 128.

[21] Carta de 17 de dezembro de 1846 ao irmão, *PSS*, *op. cit.*, vol. 28/1, p. 135.

[22] Fiódor Dostoiévski, *Humilhados e ofendidos*, tradução de Fátima Bianchi, São Paulo, Editora 34, 2018, p. 23.

pertencia a Eduard Ivánovitch Guber.[23] O folhetim de 13 de abril de 1847 saiu no número 81 do jornal, com a assinatura *N. N.* (em referência ao plural da palavra *neizviéstnie*, "anônimos"), acompanhado de uma nota dizendo que, por causa da morte inesperada do folhetinista fixo, Guber, a redação teve de recorrer "a um de nossos jovens literatos".[24] Para grande parte dos pesquisadores, entre eles Vera Netcháieva, que primeiro atribuiu as crônicas a Dostoiévski, esse jovem literato era Pleschêiev, que atraíra para a coautoria Dostoiévski, também um "jovem escritor", e cujo nome na época era bastante conhecido graças à publicação de *Gente pobre* e *O duplo*. Como existem controvérsias em relação à autoria do primeiro folhetim, em geral ele é publicado como uma produção "coletiva". Mas já os quatro folhetins seguintes Dostoiévski escreveu sozinho e assinou com suas iniciais.

Segundo o comentário de Gueórgui Fridlénder ao texto dos folhetins da "Crônica" nas *Obras completas* de Dostoiévski, há todos os indícios para se considerar que o escritor tomou parte na redação do primeiro folhetim junto com seu amigo Pleschêiev. Daí ele ter sido publicado posteriormente como um trabalho coletivo. De acordo com o estudioso russo Vladímir Zakhárov, não é possível negar a participação de Dostoiévski nesse folhetim, já que os cinco fazem parte de "um único ciclo, que desenvolve temas, ideias e imagens comuns de Petersburgo e de seus habitantes".[25]

Claro que a contribuição de Dostoiévski ao jornal *Notícias de São Petersburgo*, aristocrático e conservador, defensor da tradição de Púchkin e hostil à tendência da Escola Na-

[23] *PSS*, *op. cit.*, vol. 18, p. 207.

[24] V. S. Netcháieva, *Ranii Dostoiévski: 1821-1849* [O primeiro Dostoiévski], Moscou, Ed. Naúka, 1979, p. 199.

[25] V. N. Zakhárov, *Imia avtora: Dostoiévski* [Nome do autor: Dostoiévski], Moscou, Indrik, 2013, p. 139.

tural, defendida pelos colaboradores da revista *O Contemporâneo*, só viria a acirrar ainda mais os ânimos entre ele e seus antigos companheiros. No entanto, não só a situação financeira precária, como a lembrança de sua primeira aparição "brilhante" na posição de folhetinista (no anúncio do almanaque *O Trocista*, em 1845), o levaram a aceitar prontamente a proposta e se lançar à rua em busca de material.

O termo folhetim, do francês *feuilleton*, que em meados do século XIX se referia a uma das seções de um jornal, passou a ser aplicado a artigos de um determinado gênero. Por folhetim, na época, segundo o dicionarista Vladímir Dal, entendia-se "a seção de um jornal que conta histórias".[26] O conteúdo do folhetim podia ser o mais diversificado — desde artigos científicos populares até conversas sobre temas literários e sociais. Em essência, o folhetim era uma síntese de reportagem, resenha e ensaio sobre tudo e sobre nada, reflexões sobre assuntos do momento, esboços sobre aspectos da vida cotidiana na cidade, com elementos do "ensaio fisiológico" (que se pretende uma descrição objetiva da realidade exterior, com fins de denúncia social).

Atraído por essa forma livre e ampla do gênero, por seu tom de conversa leve e informal, num estilo livre e fluido, Dostoiévski entra com tudo na vida efervescente da atividade jornalística de São Petersburgo e, como observa Ievguênia Sarukhanian, se revela "um jornalista apaixonado, que via nitidamente a vida da cidade e a sua alma de todos os ângulos".[27]

[26] Vladímir Dal, *Tolkovii slovar jivogo velikorusskogo iazika* [Dicionário explicativo da língua russa viva], vol. 4, Moscou, Terra, 1995, p. 533.

[27] Ievguênia Sarukhanian, *Dostoiévski v Peterburgue* [Dostoiévski em Petersburgo], Leningrado, Lenizdat, 1970, p. 77.

O principal tema dos folhetins de Dostoiévski é São Petersburgo; uma cidade que, desde sua fundação por Pedro, o Grande (1672-1725), "ainda está sendo criada, construída", e cujo "futuro é ainda uma ideia". Além de lugar da ação, Petersburgo é também a personagem principal dos folhetins. Neles Dostoiévski compartilha a função de autor e narrador e apresenta a si próprio como um "*flâneur*",[28] figura que, no último número da série, é caracterizada como um "sonhador", um tipo especial de Petersburgo, que, com distintos matizes, apareceria em algumas de suas obras seguintes: *A senhoria*, "Um coração fraco" e *Noites brancas*.

Dostoiévski escreve os folhetins da "Crônica" e se põe a apresentar ao leitor a cidade de Petersburgo no período que, "ao menos no calendário", vai exatamente do início ao fim da primavera: "A época clássica do amor!", como exclama o folhetinista. A mesma estação que permite ao herói sonhador de *Noites brancas* encontrar a jovem Nástia e conhecer o amor. A estação em que todos vão para suas casas de campo e deixam a cidade — "tão europeia e tão cheia de afazeres" durante a temporada de inverno, quando ela vive em todo o seu esplendor — descansar "em paz": "Até que a lama volte, nossa Petersburgo permanecerá vazia, atulhada de lixo e de detritos, sendo reconstruída, limpa e como que repousando, como se parasse de viver por um curto período de tempo".

Sempre atento às notícias de jornais e ao que se passava à sua volta, Dostoiévski se queixava de que os escritores em geral não davam a mínima importância para os fatos da realidade atual, quando, para ele, "sem os fatos, tudo é miragem". E a sua tendência a introduzi-los num contexto histórico e filosófico amplo tem início já na composição de sua

[28] No original, *flaniór*, palavra que começava naquela época a ser empregada em russo.

"Crônica de Petersburgo". Pois em Petersburgo, "não só a mente como o coração da Rússia" de então, como escreve o narrador, pode ser percebida:

> "[...] não se pode dar um passo sem que se veja, se ouça e se sinta o momento atual e a ideia do momento presente. Pode ser que, de um certo ponto de vista, tudo aqui seja um caos, seja tudo uma miscelânea; muita coisa talvez sirva como alimento à caricatura; mas, em compensação, tudo é vida e movimento. [...] Tudo — a indústria, o comércio, as ciências, a literatura, a educação, o princípio e a organização da vida social —, tudo vive e é mantido unicamente por Petersburgo."

O próprio escritor dá mostras claras, em sua obra, de que não é apenas na representação artística original de um ou outro fenômeno, na arte das descrições, que reside a força de seus escritos, mas também na ampla compreensão dos fatores sociais que influenciaram a vida histórica da Rússia e da humanidade como um todo. Em suas reflexões nos folhetins, como que procurando criar um retrato da época, o autor aborda uma série de temas que possuíam significado relevante para a sociedade russa na década de 1840 e os relaciona com os acontecimentos correntes da vida na cidade. Nesse sentido, ele apresenta o tema de Petersburgo com sua estratificação social e cultural e o seu papel na história da Rússia, o tema da tipologia e das peculiaridades de seus habitantes, que ele mistura com esboços de quadros de costume, com pequenas cenas de rua.

Aborda também o tema do "devaneio", o principal *leitmotiv* de sua prosa inicial, que ele atribui às circunstâncias sociais na Rússia, que permitiram o surgimento de certos "caracteres ávidos de atividade, ávidos de uma vida mais espontânea, ávidos de realidade, mas frágeis, afeminados e delicados", nos quais,

> "pouco a pouco começa a emergir aquilo que se chama de devaneio, e a pessoa por fim se transforma não em um homem, mas numa espécie de criatura estranha do gênero neutro: um *sonhador*. Sabem o que é um sonhador, senhores? É um pesadelo de Petersburgo, uma encarnação do pecado, uma tragédia muda, misteriosa, sombria e selvagem, com todos os horrores frenéticos, com todas as catástrofes, peripécias, tramas e desenlaces."

A cobertura da vida cultural da capital do Norte, a avaliação dos lançamentos literários, tudo é abordado num plano de crítica aguda com um toque de humor ou ironia que aproxima o autor do leitor e como que o leva a conversar com ele. A primeira impressão que se tem é que Dostoiévski parece ir descobrindo os temas à medida que escreve. Como observa Joseph Frank:

> "À primeira vista, seus folhetins parecem ser pouco mais do que relatos familiares sem maiores pretensões, que saltam de um assunto para o outro ao sabor dos caprichos do narrador, mas quando se lê atentamente, nota-se que eles significam bem mais do que parecem. Com todas as suas reticências e seus subterfúgios, os folhetins conseguiam exprimir tudo (ou, pelo menos, uma boa parte de) o que ocupava a atenção de Dostoiévski."[29]

[29] Joseph Frank, *Dostoiévski: As sementes da revolta, 1821-1849*, São Paulo, Edusp, 2008, p. 287.

Ou seja, sob a pena do jovem escritor o folhetim deixa de ser aquilo que alguns críticos e leitores achavam que deveria ser — e que o folhetinista Ksenofont Polevói chamou de "uma coleção de notícias urbanas adornadas com brincadeiras amáveis"[30] —, para se tornar uma confissão lírica.

Para Konstantin Motchulski, um dos principais biógrafos do autor de *Os irmãos Karamázov*, "a 'Crônica de Petersburgo' constitui seu primeiro *Diário de um escritor*, sua primeira tentativa de ordenar suas experiências interiores dentro de uma forma artística".[31] Foi seu trabalho nos folhetins que deu origem a todo um reservatório de ideias e emoções do qual Dostoiévski extraiu o material para as suas narrativas dos anos de 1847 e 1848: *A senhoria*, *Noites brancas*, "Um coração fraco", "Uma árvore de Natal e um casamento", "O marido ciumento" e *Niétotchka Niezvânova*.

Vários motivos representados nos folhetins encontrarão sua realização nesses trabalhos subsequentes do escritor, servindo-lhes como que de esboço. É o caso, por exemplo, de sua "Excelência" Iulian Mastákovitch, um homem voluptuoso, já de meia-idade, com uma noiva de dezesseis anos, que aparece pela primeira vez na "Crônica" de 27 de abril, mas está no centro das atenções também no conto "Uma árvore de Natal e um casamento" e desempenha um papel secundário em "Um coração fraco". Em certa medida, como observa Nikolai Nassiédkin, essa personagem "encontra um reflexo também na figura de heróis desse tipo em obras posteriores do escritor, como Trussótzki, de *O eterno marido*, e Svidrigáilov, de *Crime e castigo*".[32]

[30] Cf. Konstantin Motchulski, *Dostoiévski, jizn i tvortchestvo* [Dostoiévski, vida e obra], Paris, YMCA-Press, 1947, p. 60.

[31] *Idem, ibidem.*

[32] Nikolai Nassiédkin, *Dostoiévski: Entsiklopediia*, Moscou, Algoritm, 2003, p. 107.

Portanto, o gênero folhetim, que surgiu como uma etapa inicial das atividades literárias de Dostoiévski e pela primeira vez lhe permitiu mostrar a própria cara, se tornou um elemento de extrema importância para a sua obra como um todo. Sua experiência como folhetinista posteriormente foi útil não só ao Dostoiévski-jornalista, mas também ao Dostoiévski-artista, em obras em que o gênero folhetim desempenhou um papel altamente relevante.

O escritor retornará ao gênero em sua forma mais pura em 1861, em *Sonhos de Petersburgo em verso e prosa*. Mas, além disso, o princípio do folhetim pode ser traçado também na "Introdução" da "Série de artigos sobre literatura russa" (1861), em *Notas de inverno sobre impressões de verão* (1863), em *Escritos da casa morta* (1860-62), e em seu *Diário de um escritor* de 1873 e 1876-77.

Na opinião de Zakhárov: "Dostoiévski fez do folhetim 'o assunto principal' na literatura e um dos gêneros-chave de sua obra". E, ainda que não tenha sido ele "que inventou a rubrica 'Crônica de Petersburgo' para o folhetim do jornal *Notícias de São Petersburgo*, foi justamente ele que viu em sua denominação uma concepção do gênero".[33]

[33] V. N. Zakhárov, *op. cit.*, p. 139.

тажѣ), «Святое Семейство» Рафаэля, «Приморскій Портъ» Сальватора Розы, «Нищій» Мурильйо, и краткая біографія Николая Фрагонàра. — Нельзя при этомъ не замѣтить, кàкъ выгодно для нашихъ художниковъ пребываніе въ Петербургѣ г. Гойè-де-Фонтена съ привезенною имъ изъ Парижа колоніею рисовальщиковъ и литографовъ: у насъ начали появляться такіе литографированные эстампы и портреты, какихъ прежде въ Петербургѣ не дѣлывалось, и притомъ по цѣнѣ несравненно-умѣреннѣйшей. На-дняхъ мы видѣли нѣсколько портретовъ, сдѣланныхъ однимъ изъ молодыхъ художникомъ, г-мъ Горбуновымъ, и литографированныхъ у г. Гойè-де-Фонтена: они ни въ чемъ не уступаютъ парижскимъ и между-тѣмъ г. Гойè-де-Фонтенъ беретъ за нихъ такую умѣренную цѣну, какой не брали, до его пріѣзда, петербургскіе литографы. (Литографія г. Гойè-де-Фонтена находится на углу Невскаго Проспекта и Владимірской-Улицы, въ домѣ Жукова).

—

Появилось уже *двадцать-семь* выпусковъ изданія *Императоръ Александръ и его Сподвижники въ 1812, 1813, 1814 и 1815 годахъ.* Мы извѣщали только о первыхъ восьмнадцати выпускахъ; въ остальныхъ девяти находятся портреты и біографіи генераловъ: Сиверса, графа Орлова-Денисова, Костенецкаго, Сандерса, Лихачева, Кутайсова, Коновницына, Протасова и Казачковскаго. Портреты всѣ сдѣланы прекрасно; біографіи чрезвычайно - интересны, кàкъ разсказы современника и очевидца, владѣющаго, сверхъ-того, извѣстнымъ всей читающей публикѣ литературнымъ талантомъ.

—

Нѣкоторые изъ нашихъ литераторовъ предприняли составить изъ трудовъ своихъ юмористическій альманахъ и просили насъ напечатать объ ихъ книгѣ, начало которой должно появиться въ ноябрѣ нынѣшняго года, слѣдующее объявленіе:

«Зубоскалъ,

*комическій альманахъ, въ двухъ частяхъ (въ 8-ю д. л.), раздѣленныхъ на 12 выпусковъ, отъ 3-хъ до 5-ти листовъ въ каждомъ, и украшенныхъ политипажами.*

«Прежде всего просимъ васъ, господà благовоспитанные читатели нашего объявленія, не возмущаться и не возставать противъ такого страннаго, даже затѣйливаго, даже, быть-можетъ, неловко-затѣйливаго названія предлагаемаго вамъ альманаха... «Зубоскалъ»!.. Мы и безъ того увѣрены, что многіе, даже и очень-многіе, отвергнутъ нашъ альманахъ единственно ради названія, ради заглавія; посмѣются надъ этимъ заглавіемъ, даже немного посердятся на него, даже обидятся, назовутъ «Зубоскалъ» анахронизмомъ, миѳомъ, пуффомъ и наконецъ признаютъ его чистою невозможностію. Главное же, назовутъ анахронизмомъ. «Какъ! Смѣяться въ нашъ вѣкъ, въ наше время, «желѣзное, дѣловое время, денежное «время, разсчетливое время, полное «таблицъ, цифръ и нулей всевозможнаго рода и вида? Да и надъ чѣмъ, «прошу покорно, смѣяться вы будете? «надъ кѣмъ смѣяться прикажете намъ?

Na coluna da direita, início do texto "*O Trocista*", de Dostoiévski, na revista *Anais da Pátria*, tomo 43, novembro de 1845.

# APRESENTAÇÃO DO ALMANAQUE *O TROCISTA*[1]

Antes de mais nada, senhores, mui-educados leitores de nosso anúncio, pedimos-lhes que não se sintam indignados nem se rebelem contra o nome tão estranho e até alambicado, talvez até embaraçosamente alambicado, do almanaque que lhes é oferecido... *O Trocista!*... Mesmo assim já estamos convencidos de que muitos, mas muitos mesmo, haverão de rejeitar nosso almanaque apenas por causa do nome, por causa do título; vão rir desse título, chegarão a ficar um pouco bravos com ele, chegarão a se ofender, chamarão *O Trocista* de um anacronismo, um mito, uma fanfarronada e, por fim, vão considerá-lo como algo puramente inconcebível. Mas o pior será chamá-lo de um anacronismo. Como? Rir em nosso século, em nossa época, uma época inflexível, época do trabalho, época do dinheiro, época da prudência, cheia de tabelas, cifras e zeros de tudo quanto é gênero e tipo? Mas e do que, ora essa, os senhores vão rir? De quem querem nos fazer rir? Como, enfim, ele vai rir, o seu *Trocista*? Afinal, acaso o seu *Trocista* pode rir? Acaso ele realmente possui meios suficientes para isso? E se ele de fato possui meios suficientes, então qual é o motivo para rir?... É isso mesmo, que motivo

[1] Na revista *Anais da Pátria*, tomo 43, nº 11, 1845, p. 43, o título deste texto de Dostoiévski está grafado assim: "*O Trocista*. Almanaque cômico, em duas partes (em formato de oitava), divididas em 12 fascículos, de 3 a 5 folhas cada, guarnecido por tipos variados". (N. da T.)

ele tem para rir? É claro — continuam eles, os inimigos do *Trocista* —, é claro que rir pode, todo mundo ri, por que haveria de não poder? — mas as pessoas riem se têm motivos, riem quando surge uma oportunidade, riem com dignidade — não vão ficar *arreganhando os dentes* à toa, como se vê aqui só pelo vosso título — em suma, sabemos por que riem... Bem, riem porque tiveram algum êxito... ora, de alguma coisa que se destaca, por contraste, do nível geral — ora, enfim... como lhes dizer?... ora, riem quando têm sorte no jogo de *préférance*,[2] riem quando *Filatka*[3] é apresentada no teatro — é disso que riem quando surge a oportunidade, e não desse jeito aqui, mas com dignidade, com decência, não é só por rir, não ficam *arreganhando os dentes*, fazendo gracejos sem ter vontade. Mas, então, pode-se saber se há aqui alguma intenção oculta? — dirão, para concluir, aqueles que gostam de ver uma intenção, até mesmo uma intenção maldosa, em tudo o que não lhes diz respeito: — Vai ver que há alguma falsidade nisso; talvez até uma desculpa indecorosa por algum motivo — quem sabe até uma espécie de livre-pensamento... — hum! — é provável, e até bem provável, ainda mais nos dias de hoje, é muito provável. E por fim esse nome grosseiro, deslavado, obsceno, desgrenhado, campônio — O *Trocista*! Por que O *Trocista*? Por que motivo O *Trocista*? O que exatamente quer dizer O *Trocista*?

E eis que já julgaram e condenaram, senhores; condenaram sem ouvir! Esperem, ouçam! Nós lhes explicaremos o que quer dizer O *Trocista*, antes de mais nada, é um dever de honra lhes dar uma explicação. E, ao aceitar nossa explicação, atrevemo-nos a lhes assegurar que haverão sem falta de

[2] Jogo de cartas, uma variante do bridge, muito popular na Rússia desde o século XVIII. (N. da T.)

[3] *Os rivais Filatka e Mírochka, ou Quatro noivos e uma noiva, vaudeville* de Piotr Grigóriev (1807-1854). (N. da T.)

mudar de ideia, pode ser até que venham a gostar do *Trocista* com um sorriso de benevolência, que venham até a gostar dele, pode ser até — quem sabe? — que venham a respeitá-lo. Mas como não gostar dele, senhores! *O Trocista* é um tipo raro em seu gênero, único — um tipo bondoso, simples, simplório e, o mais importante, não possui absolutamente grandes pretensões. Graças a esta única circunstância, a de ser uma pessoa sem pretensões, por este único motivo ele já é digno de todo respeito. Vejam, deem uma olhada em torno — quem hoje em dia não tem pretensões? Hã? Estão vendo? Mas ele não vai esbarrar, não vai roçar nos senhores, não vai melindrar a ambição de ninguém nem pedir a ninguém que abra caminho. Ele tem apenas uma ambição, somente uma pretensão — fazê-los rir vez ou outra, senhores. Aliás, isso tudo não quer dizer que ele de repente apareceu e concordou em ficar bolando chistes à moda alemã para o mui-respeitável público. Não; ele fará troças quando quiser, quando lhe apetecer e se sentir propenso a isso; ele é justamente um tipo que não tem papas na língua e que, para fazer uma gracinha, não poupará nem seu melhor amigo. Pois bem, já que chegamos até aqui, então lhes contaremos quem exatamente é ele, o nosso *Trocista*, as coisas que ele não fez, as coisas que fez e as que está por fazer — em suma, vamos descrevê-lo da cabeça aos pés, como se costuma dizer.

Imaginem um homem ainda jovem, que, aliás, está se aproximando da meia-idade, alegre, vivo, animado, irrequieto, brincalhão, despreocupado, que fala alto, de faces coradas, rechonchudo e tão bem nutrido que, só de olhar para ele, já abre o apetite, um sorriso se alarga no rosto e até a pessoa de reputação mais sólida, uma pessoa endurecida pelo trabalho, que, por exemplo, passa a manhã toda na repartição com fome, com raiva, zangada, rouquenha, enrouquecida, essa mesma pessoa, ao correr para jantar com a família, essa mesma pessoa, ao lançar um olhar para o nosso herói, sente a alma serenar e se dá conta de que é possível viver nesse mundo com alegria e que o mundo não é desprovido de felicidade. Imagine uma pessoa assim — ah, sim! Nos esquecemos do mais importante: faremos aos senhores uma biografia sucinta dele. Em primeiro lugar, ele é natural, digamos, de Moscou, e, antes de mais nada, é imprescindível que seja moscovita, ou seja, é metido, eloquente, sempre com suas ideias cordiais, gosta de comer bem, de discutir, é incauto, astuto — em suma, tem todos os atributos de um tipo dos mais bondosos... Mas ele foi criado em Petersburgo, é imprescindível que seja em Petersburgo, e pode-se dizer categoricamente que recebeu uma educação brilhante e moderna. Aliás, ele andou por toda parte: ele sabe tudo, aprendeu de cor e memorizou tudo, captou tudo, esteve em toda parte. A princípio se fez passar por militar, depois também foi farejar as palestras na universidade e se inteirou do que estava sendo feito até na Academia de Medicina e, para ser sincero, chegou a se meter na Ilha Vassíli, na quarta linha,[4] quando de repente, sem mais nem menos, viu a si mesmo como pintor, quando a ciência e a arte lhe teriam acenado com um *kalatch*[5] dourado. Aliás, a ciência e a arte não duraram muito, e nosso herói, depois disso, como é de praxe, acabou em uma repartição (o que se há de fazer!), onde passou um tempo razoável, ou seja, exatamente dois meses, até o exato momento em que, com uma virada inesperada das circunstâncias, se viu de repente como proprietário absoluto de sua própria pessoa e de sua fortuna. Desde então, ele anda com as mãos enfiadas nos bolsos, assobiando, e vive (queiram me desculpar, senhores!) para si mesmo.

[4] Ilha no rio Nievá, em São Petersburgo. No local apontado ficava a Academia de Artes. (N. da T.)

[5] Pão em forma de cadeado, aqui empregado em sentido figurado. (N. da T.)

Talvez ele seja o único *flâneur* nascido em solo petersburguense. Ele, pode-se dizer, é jovem, ainda que já não tão jovem. Muito do que tinha de jovem se esvaneceu, e o que tinha de novo mal se implantou e já murchou. Ficou apenas o riso — um riso, aliás, ousamos lhes assegurar, completamente inocente, simples, despreocupado, um riso infantil diante de todos e de tudo. Mas, de fato, que culpa tem ele de querer rir sem parar? Que culpa tem ele se, ali onde os senhores veem um assunto sério e formal, ele vê apenas uma piada; se no entusiasmo dos senhores vê a sua Ilha Vassíli, se em vossas esperanças e aspirações vê erros, solavancos e puro engano, se no caminho fixo dos senhores vê a sua repartição, e se em vossa solidez vê Varsonofi Petróvitch, seu ex-chefe do departamento, uma pessoa, aliás, muito respeitável? Que culpa tem ele de ver o outro lado dos bastidores quando os senhores veem apenas e unicamente a fachada? E, por fim, que culpa tem ele se, por exemplo, toda a Petersburgo, com seu resplendor e luxo, com seus trovões e ruídos,[6] com sua infinidade de tipos, com sua infinidade de atividades, com suas aspirações sinceras, com seus cavalheiros e sua escória — *com seus montes de entulho*, como diz Derjávin, com *ouropéis* e sem ouropéis,[7] com vigaristas, bibliófilos, agiotas, hipnotizadores, trapaceiros, mujiques e todo tipo de coisa — se apresenta a ele como um almanaque ilustrado magnífico e infinito que só dá para folhear nas horas de lazer, por tédio, após o jantar — que faz bocejar ou que faz sorrir. Sim; depois disso, ainda bem que o nosso herói ainda tem disposição para rir e fazer troças!... Pelo menos ainda tem ao menos algu-

[6] A imagem remonta à novela de Nikolai Gógol, *Avenida Niévski*, publicada em 1835: "toda a cidade se transforma em trovão e resplendor...". (N. da T.)

[7] Referência à terceira estrofe da ode "O nobre" (1794), de Gavrila Derjávin. (N. da T.)

ma utilidade. Aliás, essa vida irregular começou a deixá-lo muito incomodado de uns tempos para cá. E, de fato, de tanto ser atormentado, ridicularizado e usado para o mal diante do público em certos romances, revistas, almanaques, folhetins, jornais,[8] agora está seriamente decidido a ser mais discreto e agir de modo mais sério... Para esse fim, ocorreu-lhe aparecer ao público com um livrete especial com suas anotações, memórias, observações, revelações, confissões etc. etc. Mas assim como tudo em excesso significa um despropósito, assim como o melhor prato em quantidade excessiva pode produzir uma indigestão, e assim como ele próprio, enfim, é inimigo da indigestão, então decidiu dividir o livrete todo em caderninhos...

É abismante o quanto ele tem de materiais — e tempo tem de sobra. Já dissemos que ele não está trabalhando em lugar nenhum, não é conhecido em nenhum departamento, nem em qualquer repartição, escritório, conselho administrativo ou arquivo que seja, nem nunca sequer trabalhou como encarregado de ninguém. Ele, como dissemos acima, é inimigo mortal da indigestão. Acrescentemos ainda que é um caminhante infatigável, observador, penetra, se necessário, e conhece a sua Petersburgo como a palma da mão. Os senhores haverão de vê-lo em todos os lugares — no teatro, à entrada do teatro, nos camarotes, atrás dos bastidores e atrás da cortina, nos clubes, nos bailes, nas exposições, em leilões, na avenida Niévski e em reuniões literárias, e até mesmo em lugares onde os senhores não esperavam absolutamente vê-lo, nos becos e nas esquinas mais afastados de Petersburgo. Ele não desdenha de nada. Está por toda parte com o seu lá-

[8] Dostoiévski parece referir-se aqui principalmente a romances, almanaques e folhetins dos opositores da "Escola Natural" dos anos 1840, Faddiêi Bulgárin e Óssip Senkóvski, assim como às revistas *Abelha do Norte*, de Bulgárin, e *Biblioteca de Leitura*, de Senkóvski. (N. da T.)

pis e o lornhão e uma risadinha fina, de satisfação. E aqui está mais um mérito do *Trocista*: a primeira coisa, a coisa mais importante para ele, é a verdade. A verdade acima de tudo. *O Trocista* será o eco da verdade, o clarim da verdade, defenderá a verdade dia e noite, será seu baluarte, seu guardião, e sobretudo agora que, de uns tempos para cá, ficou extremamente apegado à verdade. Aliás, às vezes também contará lorotas; e o que é que tem contar lorotas? Então às vezes ele contará lorotas — só que com moderação. Afinal, isso acontece com todo mundo; todo mundo gosta às vezes de contar lorotas; isto é, não de contar lorotas — o que estou dizendo?! — cometi um equívoco, mas isso, os senhores sabem, é só para falar de modo mais floreado. Aí está, *O Trocista* às vezes também falará de algumas coisas exatamente assim, por metáforas, mas, em compensação, se também mentir, isto é, se se puser a metaforar, então se porá a metaforar de modo que se pareça totalmente com a verdade, que não saia pior que a verdade — é assim que será! Mas, aliás, de todo modo, defenderá a verdade, defenderá a verdade até a sua última gota de sangue!

Em segundo lugar, *O Trocista* será inimigo de tudo que é pessoal, chegará até a açodar o pessoal. De modo que Ivan Petróvitch, por exemplo, ao ler o nosso livrete, não encontrará de modo algum absolutamente nada de censurável a respeito de sua pessoa, mas em compensação pode ser que encontre algo de delicado, aliás, inocente, completamente inocente, a respeito de seu amigo e colega de trabalho Piotr Ivánovitch,[9] e, inversamente, Piotr Ivánovitch, ao ler este

[9] Brincadeira com os nomes Ivan Petróvitch e Piotr Ivánovitch: o patronímico de Ivan é Ivánovitch e o de Piotr é Petróvitch. Ambos os nomes são encontrados nos dois contos escritos logo após a publicação deste anúncio para O *Trocista*, em novembro de 1845: "Romance em nove cartas" e "Como é perigoso entregar-se a sonhos de vaidade". (N. da T.)

mesmo livrete, não encontrará absolutamente nada sobre sua pessoa, mas em compensação encontrará algo sobre Ivan Petróvitch. Desse modo, os dois ficarão contentes, e os dois haverão de se divertir muito. Pois é assim que *O Trocista* arranjará as coisas. Os senhores hão de ver por si mesmos como ele administrará essa circunstância. E o mais surpreendente de tudo é que o próprio Ivan Petróvitch, por exemplo, será o primeiro a se por a gritar que não há absolutamente nada sobre ele em nosso livrete e que não só não há nada parecido como não há a menor sombra sequer! Que não há nenhuma alusão indecente e maligna — nem intenção havia! E que, se há alguma coisa, então é unicamente sobre Piotr Ivánovitch. É assim que será! Pois bem, repetimos: a verdade antes de tudo. *O Trocista* viverá pela verdade, defenderá a verdade, trabalhará pela verdade, e se lhe acontecer — o que, aliás, Deus não permita — de morrer, então não morrerá senão pela verdade. Sim! Não será senão pela verdade!

Mas pode ser que, depois de tudo o que dissemos sobre o caráter de *O Trocista*, sobre seus hábitos e inclinações, e até sobre seu comportamento, alguém ainda pergunte: mas qual vai ser o conteúdo do nosso livrete? O que se pode esperar e o que não esperar dele? Como melhor resposta para isso servirá a primeira edição de *O Trocista*, que deverá aparecer o mais tardar na primeira quinzena de novembro deste ano. Mas mesmo agora estamos prontos a satisfazer o desejo dos leitores. Novelas, contos, poemas bem-humorados, paródias de romances famosos, dramas e poemas, notas fisiológicas, ensaios literários, teatrais e de tudo quanto é tipo, cartas notáveis, anotações, notas interessantes sobre isso e aquilo, anedotas, fanfarronadas etc. etc., tudo nesse gênero, isto é, no gênero que corresponde ao temperamento do *Trocista*, e ele não sente vocação para nenhum gênero além desse. Este será o conteúdo do nosso almanaque. Alguns artigos serão ilustrados, segundo o critério do *Trocista*, com desenhos de tipos variados, cuja execução ficará a cargo dos melhores gravadores e desenhistas de Petersburgo, e quando o livrete estiver concluído, justamente com a décima segunda e última edição, entregará a seus leitores uma capa ilustrada magnífica e pedirá aos leitores que encadernem a obra com ela. *O Trocista* considera necessário levar ao conhecimento do público que ele já tem muitos bons desenhos e diversos artigos preparados, e que por isso está firmemente convencido de que o prazo para a publicação das edições dos livretes de modo nenhum se prolongará por mais de quatro semanas. Assim, o livro todo será concluído impreterivelmente em um ano.

Finalmente, sobre um outro assunto... um assunto importante e delicado... *O Trocista* gosta tanto, respeita tanto, dá tanto valor aos seus leitores... seus futuros leitores (ele terá, ele sem falta terá leitores!), que estaria pronto a dar de graça o seu livro, apesar dos gastos inevitáveis com impressão, papel, desenhos — os desenhos, que são tão caros e difíceis de se conseguir!... Mas, em primeiro lugar, aceitar um presente dele, de uma pessoa com essas condições, que tem até medo de declarar a sua condição e perder o respeito dos leitores, de uma pessoa que... bem, que, em suma, não passa de um trocista... não pareceria ofensivo até mesmo sugerir uma coisa dessas?... E, em segundo lugar, há ainda um outro motivo: como dar livro de graça em nossa era, em nossa era, como todo mundo já sabe, *positiva*, *mercantil*, *inflexível*, *do dinheiro*?...[10] Não seria a maneira mais segura de *comprometer* um livro, de privá-lo dos leitores, que fogem de tudo

[10] Referência ao poema de A. S. Púchkin "Conversa de um vendedor de livros com o poeta" (1824), em que o vendedor de livros diz ao poeta: "Nossa era é mercantil, nesta era inflexível/ do ferro/ Sem dinheiro, nem liberdade há". Assim como Púchkin, Gógol e Bielínski, Dostoiévski também defendia o direito do escritor ser remunerado por seu trabalho. (N. da T.)

o que lhes é imposto?... Pois onde está o sentido? onde está o tato?... onde está, enfim, a decência?... onde está o sentimento de dignidade própria?... São razões desse tipo justamente que coíbem a generosidade do *Trocista*. Desse modo, considerando os custos da publicação, com o sentimento de dignidade própria, a contragosto, O *Trocista* anuncia que venderá a si próprio por um rublo de prata por edição nas livrarias de M. Olkhin, de A. Ivánov, de P. Ratkov e Cia., de A. Sorókin e de outros vendedores de livros de Petersburgo. Por uma libra é acrescentada a remessa.

O *Trocista*

# CRÔNICAS DE PETERSBURGO

# ФЕЛЬЕТОНЪ.

## ПЕТЕРБУРГСКАЯ ЛѢТОПИСЬ.

Еще недавно я никакъ не могъ себѣ представить Петербургскаго жителя иначе, какъ въ халатѣ, въ колпакѣ, въ плотно закупоренной комнатѣ, и съ непремѣнною обязанностію принимать что нибудь черезъ два часа по столовой ложкѣ. Конечно, не все же были больные. Инымъ болѣть запрещали обязанности. Другихъ отстаивала богатырская ихъ натура. Но вотъ наконецъ сіяетъ солнце, и эта новость безспорно стоитъ всякой другой. Выздоравливающій колеблется; нерѣшительно снимаетъ колпакъ, въ раздумьи приводитъ въ порядокъ наружность и наконецъ соглашается пойти походить, разумѣется во всемъ вооруженіи, въ фуфайкѣ, въ шубѣ, въ галошахъ. Пріятнымъ изумленіемъ поражаетъ его теплота воздуха, какая-то праздничность уличной толпы, оглушающій шумъ экипажей по обнаженной мостовой. Наконецъ на Невскомъ проспектѣ выздоравливающій глотаетъ новую пыль! Сердце его начинаетъ биться, и что-то, въ родѣ улыбки, кривитъ его губы, доселѣ вопросительно и недовѣрчиво сжатыя. Первая Петербургская пыль послѣ потопа грязи, и чего-то очень мокраго въ воздухѣ, конечно, не уступаетъ въ сладости древнему дыму отечественныхъ очаговъ, и гуляющій, съ лица котораго спадаетъ недовѣрчивость, рѣшается наконецъ насладиться весною. Вообще, въ Петербургскомъ жителѣ, рѣшающемся насладиться весною, есть что-то такое добродушное и наивное, что какъ-то нельзя не раздѣлить его радости. Онъ даже, при встрѣчѣ съ пріятелемъ, забываетъ свой обыденный вопросъ, *что новаго?* и замѣняетъ его другимъ, гораздо болѣе интереснымъ: *а каковъ денекъ?* А ужъ извѣстно, что послѣ погоды, особенно когда она дурная, самый обидный вопросъ въ Петербургѣ — *что новаго?* Я часто замѣчалъ, что, когда два Петербургскихъ пріятеля сойдутся гдѣ нибудь между собою, и попривѣтствовавъ обоюдно другъ друга, спросятъ въ одинъ голосъ — *что новаго?* то какое-то пронзающее уныніе слышится въ ихъ голосахъ, какой бы интонаціей голоса не начался разговоръ. Дѣйствительно полная безнадежность налегла на этотъ Петербургскій вопросъ. Но всего оскорбительнѣе то, что часто спрашиваетъ человѣкъ совсѣмъ равнодушный, коренной Петербуржецъ, знающій совершенно обычаи, знающій заранѣе, что ему ничего не отвѣтятъ, что нѣтъ новаго, что онъ уже, безъ малаго или съ небольшимъ, тысячу разъ предлагалъ этотъ вопросъ, совершенно безуспѣшно и потому давно успокоился; — но всё таки спрашиваетъ, и какъ будто интере-

суется, какъ будто какое-то приличіе
его тоже участвовать въ чемъ-то общ
имѣть публичные интересы. Но публи
ресовъ...... т. е. публичные интересы
не споримъ. Мы всѣ пламенно любим
любимъ нашъ родной Петербургъ, люб
коль случится: однимъ словомъ много
интересовъ. Но у насъ болѣе въ употре
*ки.* Даже извѣстно, что весь Петербург
иное какъ собраніе огромнаго числа
кружковъ, у которыхъ у каждаго свой
приличіе, свой законъ, своя логика и с
Это, нѣкоторымъ образомъ, произвед
національнаго характера, который еще
чится общественной жизни и смотритъ
тому же для общественной жизни нуж
нужно подготовить такъ много условій
вомъ дома лучше. Тутъ натуральнѣе, 
кусства, покойнѣе. Въ кружкѣ вамъ бо
— на вопросъ *что новаго?* Вопросъ не
лучаетъ частный смыслъ, и вамъ от
сплетнею или зѣвкомъ или тѣмъ отч
цинически и патріархально зѣвнете.
можно самымъ безмятежнымъ и сладос
зомъ дотянуть свою полезную жизнь,
комъ и сплетнею, до той самой эпохи,
или гнилая горячка посѣтитъ вашъ дом
и вы проститесь съ нимъ стоически, р
въ счастливомъ невѣденіи того какъ 
съ вами доселѣ, и для чего такъ все бы
въ потемкахъ, въ суморки, въ слезливь
свѣту день, въ полномъ недоумѣніи о т
это все такъ устроилось, что вотъ жи
жется жилъ), достигъ кой-чего, и вотъ
почему-то непремѣнно понадобилось 
пріятный и безмятежный міръ, и пер
лучшій. — Въ иныхъ кружкахъ впрочемъ
куютъ о дѣлѣ; съ жаромъ собираетс
образованныхъ и благонамѣренныхъ лю
сточеніемъ изгоняются всѣ невинныя
какъ-то сплетни и преферансъ (разум
литературныхъ кружкахъ) и съ непоня
ченіемъ толкуется объ разныхъ важны
Наконецъ потолковавъ, поговоривъ, рѣш
ко общеполезныхъ вопросовъ, и убѣдив
га во всемъ, весь кружокъ впадаетъ
раздраженіе, въ какое-то непріятное
Наконецъ всѣ другъ на друга сердятс
нѣсколько рѣзкихъ истинъ, обнаружива
ко рѣзкихъ и размашистыхъ личност
чается тѣмъ, что все расползается, ус
набирается крѣпкаго житейскаго разум
малу сбивается въ кружки перваго выш
свойства. Оно конечно пріятно такъ жи
нецъ станетъ досадно, обидно досадн
примѣръ, потому досадно на нашъ пат

Abertura da segunda “Crônica de Petersburgo”, de Dostoiévski, no jornal *Notícias de São Petersburgo*, nº 93, 27/4/1847.

## 13 DE ABRIL DE 1847

Dizem que é primavera em Petersburgo. Mas será verdade? Aliás, é bem provável que seja. De fato, temos todos os indícios de primavera. Metade da cidade está com gripe e a outra metade, ao menos constipada. Esses presentes da natureza nos deixam plenamente convencidos de seu renascimento. Pois bem, é primavera! A época clássica do amor! Mas a época do amor e a época da poesia não chegam ao mesmo tempo, diz o poeta,[11] e graças a Deus que é assim. Adeus, poesia; adeus, prosa; adeus, revistas grossas,[12] tendenciosas ou não; adeus, jornais, *opiniões* e *algo mais*, adeus, literatura, e perdoe-nos! Perdoe-nos por nossos pecados, assim como nós perdoamos os seus!

Mas como é possível começar a falar de literatura antes de qualquer outra coisa? Responder não vou, senhores. Primeiro, o mais difícil; para tirar um peso dos ombros. Seja como for, levamos até o fim a temporada literária — e fizemos bem! Embora se diga que esse é um fardo muito natural. Em breve, talvez dentro de um mês, estaremos enfiando nossos livros e revistas numa trouxa e não voltaremos a abri-la antes de setembro. Assim, certamente, haverá o que ler, a

[11] Referência a *Ievguêni Oniéguin*, romance em versos de Púchkin: "Primavera, primavera! Época do amor! [...] O amor passou, apareceu a musa...". (N. da T.)

[12] Denominação dos periódicos que traziam obras literárias e textos de cunho político, com centenas de páginas em cada número. (N. da T.)

despeito do que diz o provérbio: o que é bom chega aos poucos. Os salões logo serão fechados e os *saraus*, suspensos; os dias se tornarão mais longos e já não bocejaremos tão graciosamente nos recintos abafados, ao lado de lareiras elegantes, ouvindo uma novela que hão de ler ou contar ali mesmo aos senhores, aproveitando-se de sua inocência; não vamos mais ouvir o conde de Suzor,[13] que foi para Moscou abrandar os costumes dos eslavófilos;[14] e atrás dele, provavelmente com o mesmo objetivo, foi o Guerra.[15] De fato! Com o fim do inverno, ficamos privados de muita coisa, deixamos de ter muita coisa e de fazer muita coisa; temos a intenção de não fazer nada no verão. Estamos cansados; é hora de descansar. Não é à toa que dizem que Petersburgo é uma cidade tão europeia e tão cheia de afazeres. Ela já fez tanto; então deixem-na em paz, deixem-na descansar em suas datchas[16] e em seus bosques; ela precisa de seus bosques, ao menos no verão. Apenas em Moscou é que "*se descansa antes do trabalho*". Petersburgo descansa *depois* do trabalho. Todo verão, quando está de férias, ela se concentra em seus pensamentos; é provável que agora mesmo já esteja planejando o que fará no próximo inverno. Nesse sentido, ela se parece muito com um literato que, para dizer a verdade, nunca escreveu nada, mas cujo irmão passou a vida toda tentando escrever um romance. Não obstante, ao nos prepararmos para uma nova via-

[13] Segundo nota de Ivan Turguêniev na revista O *Contemporâneo*, de 24 de novembro a 11 de dezembro de 1846, o conde Iúli Stepánovitch de Suzor ministrou seis aulas sobre literatura francesa moderna em São Petersburgo. (N. da T.)

[14] Movimento intelectual que se opunha à ocidentalização da Rússia e pregava o retorno aos costumes tradicionais eslavos. (N. da T.)

[15] Trata-se do circo do empresário italiano Alessandro Guerra, que fez muito sucesso em Petersburgo na temporada de 1846-47. (N. da T.)

[16] Casas de campo nos arredores das grandes cidades. (N. da T.)

gem, cabe-nos deitar um olhar para o passado, para o que ficou para trás, e ao menos nos despedirmos de alguma coisa; lançar ao menos mais um olhar para o que já fizemos, para o que nos é especialmente caro. Vejamos, o que lhe é especialmente caro, meu benévolo leitor? Digo "benévolo" porque, em seu lugar, já teria há muito tempo deixado de ler os folhetins em geral e esse em particular. E teria ainda deixado de ler porque no meu passado, e me parece que no seu também, não há nada de caro. Somos todos como trabalhadores a carregar um certo fardo que lançamos, por vontade própria, sobre nossos ombros, e felizes da vida por conseguirmos carregá-lo de modo europeu e com o devido decoro, ao menos até a temporada de verão. E de que tarefas não nos encarregamos a troco de nada, por imitação! Eu, por exemplo, conheci um cavalheiro que sequer conseguia se decidir a calçar uma galocha, por mais enlameada que estivesse a rua, assim como não vestia o casaco de peles, por mais frio que estivesse: esse cavalheiro tinha um sobretudo que lhe marcava tão bem a cintura, dando-lhe um aspecto tão parisiense, que não havia meio de ele se decidir a vestir o casaco de peles ou amarrotar a calça com a galocha. É verdade que todo o europeísmo para esse cavalheiro consistia numa roupa de bom corte, razão pela qual ele também gostava da Europa pelo iluminismo; mas caiu vítima de seu europeísmo ao desejar que o enterrassem com sua melhor calça. Foi enterrado quando nas ruas começavam a vender cotovias assadas.[17]

Tivemos aqui, por exemplo, uma ópera italiana excelente; no ano que vem, não se pode dizer que será melhor, mas mais suntuosa. Todavia, não sei por que, tenho sempre a impressão de que mantemos a ópera italiana pelo bom-tom, co-

[17] Pãezinhos em forma de cotovias, que eram vendidos nas ruas a partir de 9 de março, data em que se comemorava o dia dos Quarenta Mártires de Sebaste. (N. da T.)

mo se fosse uma obrigação. Se não bocejamos (acho até que bocejamos um pouquinho), ao menos nos comportamos de modo tão polido e solene, sem mostrar muita inteligência nem impingir muito o nosso entusiasmo aos outros, que na verdade é como se nos sentíssemos entediados e muito incomodados com alguma coisa. Longe de mim a ideia de querer censurar o nosso jeito de viver em sociedade; nesse sentido, a ópera foi muito útil ao público, ao fazer uma classificação natural dos melomaníacos em entusiastas e simples amadores de música: os primeiros foram para o andar de cima, daí ter feito tanto calor lá, como se fosse na Itália; os outros permaneceram sentados nas poltronas e, plenamente conscientes de sua importância, a importância do público cultivado, a importância de uma hidra de mil olhos que possui sua influência, seu caráter e seu veredito, não se surpreenderam com nada, por já saber de antemão que essa é a principal virtude de um homem educado, mundano. Quanto a nós, compartilhamos inteiramente a opinião dessa última parte do público; devemos amar a arte com serenidade, sem nos deixar arrebatar e sem nos esquecermos de nossas obrigações. Somos um povo ocupado, às vezes sequer sobra tempo para ir ao teatro. Ainda temos tanta coisa a fazer. E é por isso que tanto me aborrecem aqueles senhores que, por sua vez, acham que *devem* ficar fora de si; como se estivessem encarregados, *por princípio*, de uma espécie de dever especial de equilibrar a opinião do público com seu entusiasmo. Seja como for, e por mais doce que seja o modo como os nossos Borsi, Guasco e Salvi[18] cantam seus rondós, cavatinas[19] etc., conseguimos ar-

[18] Teresa de Giuli Borsi (1817-1877) foi uma famosa soprano italiana; ela substituiu Pauline Viardot na temporada de óperas de 1846-47 em São Petersburgo. Carlo Guasco (1813-1876) e Lorenzo Salvi (1810-1879) eram conhecidos tenores italianos. (N. da T.)

[19] Pequena ária para solista. (N. da T.)

rastar a ópera até o fim, como se faz com a lenha; ficamos cansados, exauridos, e se no fim da temporada jogamos buquês, foi como que para agradecer que a ópera chegava ao fim. Depois teve o Ernst...[20] Foi com muito esforço que toda a Petersburgo se reuniu para o terceiro concerto. Hoje estamos nos despedindo dele, se haverá buquês ou não — não se sabe!

Mas pode parecer que a ópera foi nossa única diversão; tivemos muito mais que isso. Os bons bailes. Houve bailes de máscaras. Todavia, um notável artista nos narrou recentemente, no violino, o que é um baile de máscara no sul, e eu, que me senti satisfeito com essa narrativa, nem fui aos nossos ultracerimoniosos bailes de máscaras do norte. O circo foi um grande sucesso. Dizem que no próximo ano também fará sucesso. Será que perceberam, senhores, como o nosso povo simples se diverte em suas festas? Por exemplo, o que aconteceu no Jardim de Verão. Uma enorme multidão, densa, movendo-se de modo cadenciado e solene; todos de roupa nova. De vez em quando, as mulheres dos lojistas e as moças se permitem quebrar cascas de nozes com os dentes. Ao lado ecoa uma música isolada, e o clima geral de tudo: todos estão à espera de algo, em todos os rostos há uma pergunta das mais ingênuas: o que virá agora? Só isso? A não ser que algum sapateiro alemão, bêbado, faça alguma arruaça em algum lugar; mas isso também não dura muito. É como se essa multidão se sentisse descontente com os novos costumes e com suas diversões na capital. Ela não consegue deixar de sonhar com o *trepak*[21] e a balalaica; com a camisa

[20] O violinista e compositor Heinrich Wilhelm Ernst (1814-1865), nascido na Morávia e considerado o sucessor de Paganini, que passou a maior parte de sua vida em turnês artísticas. No ano de 1847 ele fez concertos em Petersburgo nos meses de março, abril e maio. (N. da T.)

[21] Dança popular russa. (N. da T.)

siberiana desabotoada; com vinho em abundância e além da conta; em suma, com tudo o que lhes permite uma manifestação livre, afrouxar o cinto a seu modo, à moda da terra natal. Mas o decoro e o fato de ser antiquado atrapalham, e a multidão volta condignamente para casa; não sem antes, é claro, dar um pulo no "estabelecimento".

Parece-me que há algo nisso que lembra a nós mesmos, senhores. Nós, com certeza, não exprimiríamos nossa surpresa ingenuamente, não perguntaríamos: é só isso? Não haveríamos de exigir algo mais; sabemos muito bem que, pelos nossos quinze rublos, recebemos uma diversão europeia; e isso nos basta. E, além do mais, recebemos a visita de celebridades tão renomadas que nem podemos reclamar. Já aprendemos a não nos surpreender com nada. Se o cantor não é um Rubini,[22] não tem nenhum valor; se o escritor não é um Shakespeare, então para que perder tempo lendo-o? Deixemos então que a Itália forme os artistas e Paris os lance. Que tempo temos nós para criar, educar, incentivar e lançar um novo talento; um cantor, por exemplo? De lá já nos enviam completamente prontos e com renome. É comum, aqui, acontecer de um escritor ser incompreendido e rejeitado por toda uma geração; em uma década, nas duas ou três gerações seguintes, é reconhecido, e os mais escrupulosos dos anciões se limitam a menear a cabeça. Bem sabemos como é o nosso caráter; vivemos insatisfeitos com nós mesmos; vivemos zangados com nós mesmos e com as obrigações que a Europa nos impõe. Somos uns céticos; temos um grande desejo de ser céticos. É com resmungos e selvageria que evitamos mostrar entusiasmo, que protegemos dele a nossa cética alma eslava. Por vezes temos até vontade de nos regozijarmos com alguma coisa, mas e se não for conveniente, e se incor-

[22] Giovanni Battista Rubini (1794-1854), tenor italiano. (N. da T.)

rermos num erro, o que vão falar de nós? Não é por acaso que tomamos tanto gosto pelo decoro.

Ademais, deixemos isso tudo de lado; o melhor a fazer é desejar a nós mesmos um bom verão; poderíamos muito bem nos divertir e descansar muito. Aonde vamos, senhores? Para Revel, para Helsingfors,[23] para o sul, para o exterior, ou simplesmente para as datchas? O que faremos lá? Havemos de pescar, dançar (os bailes de verão são tão bons!), nos entediar um pouco, sem abandonar os nossos afazeres da repartição na cidade e, de modo geral, unir o útil ao agradável. Para o caso de sentirem vontade de ler, levem consigo dois números de *O Contemporâneo*, o de março e o de abril; aí, como sabem, encontra-se o romance *Uma história comum*,[24] leiam-no, se não tiveram tempo de fazê-lo na cidade. O romance é bom. O jovem autor tem espírito observador e muita inteligência; a ideia nos parece um pouco ultrapassada e livresca; mas foi desenvolvida com habilidade. Ademais, o desejo especial do autor de preservar sua ideia e explicá-la do modo mais minucioso possível confere ao romance um certo dogmatismo particular e uma aridez, e acabou por estendê-lo demais. Nem mesmo a leveza quase volátil do estilo do senhor Gontcharov compensa esse defeito. O autor acredita na realidade e representa as pessoas como elas são. As mulheres de Petersburgo foram muito bem construídas.

O romance do senhor Gontcharov é bem curioso; mas o relatório da Sociedade de Assistência aos Pobres[25] é ainda mais interessante. Ficamos particularmente felizes com esse

[23] Revel é o antigo nome de Tallin, capital da Estônia; Helsingfors é outro nome de Helsinki, capital da Finlândia. (N. da T.)

[24] *Uma história comum* (1847), primeiro romance de Ivan Gontcharov (1812-1891), publicado na revista *O Contemporâneo*. (N. da T.)

[25] A Sociedade de Assistência aos Pobres foi fundada em Petersburgo em janeiro de 1847. (N. da T.)

apelo à toda a massa do público; ficamos contentes com qualquer união de esforços, sobretudo a união por uma boa causa. Nesse relatório há muitos fatos interessantes. Para nós, o fato mais interessante foi a extraordinária pobreza de fundos da sociedade; mas não podemos perder a esperança: há muita gente generosa. Podemos mencionar o ordenança que enviou vinte rublos de prata; a julgar pelos seus proventos, essa deve ser uma grande soma.[26] O que aconteceria se todo mundo contribuísse de modo proporcional? Os métodos da Sociedade para a distribuição das contribuições são excelentes e demonstram ser ela uma organização de filantropia sem constrangimento, que tem profunda consciência de seus propósitos. Agora sobre a filantropia por constrangimento. Um dia desses passamos diante de uma livraria e vimos na vitrine o último número do *Ieralach*.[27] Nele foi representado com muita fidelidade e popularidade um filantropo por constrangimento, aquele mesmo que:

> *Por um colarinho amassado,*
> *esbofeteia no bigode e no focinho*
> *o velho Gavrilo*[28]

mas na rua de repente se enche de uma compaixão sincera pelo próximo. Sobre os demais não diremos uma palavra,

[26] No jornal *Sankt-Peterburgskie Viédomosti* (*Notícias de São Petersburgo*), nº 45, de 26 de fevereiro de 1847, foi anunciado que o ordenança Fiódor Trofímov enviara vinte rublos para a Sociedade de Assistência aos Pobres. (N. da T.)

[27] Almanaque de caricaturas editado na época por Mikhail Nevakhovitch (1817-1850), que no segundo número representou um filantropo em duas situações: "em público", dando esmolas a mendigos, e "em casa", quebrando os dentes de um criado. (N. da T.)

[28] Versos do poema "Uma canção moderna" (1836), de Denis Davídov (1784-1839), popular nos anos 1830-40. (N. da T.)

ainda que haja aqui muitos acertos e coisas atuais. Se o senhor Nevakhovitch quiser, podemos lhe contar uma anedota sobre filantropia.

Um proprietário de terras contava com muito ardor sobre o amor que sentia pela humanidade e como estava compenetrado pelo espírito do século.

— Veja só, meu senhor, meus criados são divididos em três categorias — dizia ele —, a primeira categoria é composta de criados antigos, respeitáveis, que serviram fielmente e de modo impecável ao meu pai e ao meu avô. Eles vivem com conforto, em quartos limpos e bem arejados, e comem da comida que é servida na mesa senhorial. A outra categoria é a dos criados não tão respeitáveis, mas que são pessoas mais ou menos boas; eu os mantenho num quarto comum, iluminado, e nos feriados comem tortas que são assadas para eles. A terceira categoria consiste de canalhas, trapaceiros e ladrões de todo tipo; a eles não dou tortas e aos sábados dou *lições de moral*. Aos cães, vida de cão! São uns trapaceiros!

— E tem muitos nas primeiras categorias? — perguntaram ao proprietário de terras.

— Bem, para dizer a verdade... — respondeu ele, um pouco embaraçado —, por enquanto nenhum... o povo todo é tão... tão bandido e ladrão... que não merece nenhuma filantropia.

*N. N.*[29]

[29] Esta é a única das cinco "Crônicas de Petersburgo" não assinada com as iniciais de Fiódor Dostoiévski, provavelmente por ter sido feita em colaboração com Aleksei Pleschêiev. (N. da T.)

## 27 DE ABRIL DE 1847

Até recentemente, eu não conseguia de maneira alguma imaginar um habitante de Petersburgo a não ser de roupão, touca de dormir, trancafiado em seus aposentos e com a imperiosa obrigação de, a cada duas horas, tomar não sei o que numa colher de sopa. Com certeza, nem todo mundo estava doente. Alguns estavam proibidos de adoecer por causa de suas obrigações. Outros eram resguardados por sua constituição hercúlea. Mas eis que enfim saiu o sol e essa novidade, indiscutivelmente, vale mais que qualquer outra. O convalescente hesita; não sabe se tira a touca de dormir, se dá um jeito na aparência, mas por fim consente em dar uma caminhada, evidentemente todo equipado, de agasalho, casaco de peles e galochas. O ar cálido, uma espécie de ar festivo da multidão na rua e o barulho ensurdecedor das carruagens no pavimento, até pouco tempo coberto de neve e lama, o deixam agradavelmente assombrado. Enfim na avenida Niévski, o convalescente engole a nova poeira! Seu coração começa a palpitar e uma espécie de sorriso crispa-lhe os lábios, até então cerrados com um ar interrogativo e desconfiado. A primeira poeira de Petersburgo, após um dilúvio de lama e de algo muito úmido no ar, com certeza não perde em nada à doçura da antiga fumaça das lareiras da pátria,[30] e o passeante, de cujo rosto desaparecera a desconfiança, decide enfim

[30] Do provérbio latino *Dulcis fumus patriae* ("É doce a fumaça da

desfrutar a primavera. De um modo geral, há algo de tão ingênuo e bonachão no habitante de Petersburgo que toma a decisão de desfrutar a primavera que é até impossível não compartilhar sua alegria. Ao encontrar um conhecido, ele se esquece até da pergunta habitual: *quais são as novidades?* e a substitui por uma outra bem mais interessante: *mas que dia, hein?* Já se sabe que depois da pergunta sobre o tempo, sobretudo quando ele está ruim, a mais ofensiva em Petersburgo é — *quais são as novidades?* Eu sempre reparei que, quando dois amigos de Petersburgo se encontram em algum lugar e se cumprimentam, eles perguntam ao mesmo tempo — *quais são as novidades?* —, percebe-se então uma espécie de desolação aguda no som de suas vozes, seja qual for a entonação com que tenham iniciado a conversa. De fato, sobre essa questão de Petersburgo pesa um sentimento de total falta de esperança. Mas o mais ofensivo de tudo é que, quase sempre, quem faz a pergunta é uma pessoa completamente indiferente a ela, nativa de Petersburgo, que conhece perfeitamente os costumes e sabe de antemão que não hão de lhe responder nada, que não há novidade, que ela, sem tirar nem pôr, já fez essa pergunta mil vezes sem obter sucesso, e por isso há muito sossegou — mas mesmo assim ela faz a pergunta e parece até se interessar, como se uma espécie de senso de decoro a forçasse a também participar de algo que é social e a ter interesses públicos. Porém, no que se refere a interesses públicos... quer dizer, interesses públicos temos, isso nem se discute. Todos nós amamos a pátria com ardor, amamos Petersburgo, nossa cidade natal, gostamos de nos divertir um pouco, quando temos uma oportunidade: numa palavra, há muitos interesses públicos. Mas os que estão mais em uso entre nós são os *círculos*. Sabe-se até que toda Petersburgo não

pátria"), parafraseado no poema "Harpa" (1798), de Derjávin, e na peça *A desgraça de ter espírito*, de Aleksandr Griboiédov. (N. da T.)

é nada mais que uma reunião de um número enorme de pequenos círculos, em que cada um possui o seu próprio regulamento, suas próprias convenções, suas próprias leis, sua própria lógica e seu próprio oráculo. Isso, de certo modo, é um produto do nosso caráter nacional, que ainda é um pouco arredio à vida social e se fixa no lar. Além disso, é preciso ter aptidão para a vida social, é preciso preparar todas as condições — numa palavra, é melhor ficar em casa. Lá, tudo é mais natural, não é preciso ter aptidão e é mais sossegado. No círculo, hão de lhe responder prontamente à pergunta — *quais são as novidades?* A pergunta assume imediatamente um sentido particular e é respondida, se não com um mexerico, com um bocejo ou com algo que o fará bocejar de maneira cínica e patriarcal. No círculo, o senhor pode arrastar a sua vida útil do modo mais doce e despreocupado, entre um bocejo e um mexerico, até o momento em que uma gripe ou uma febre alta o venha visitar em sua casa e o faça se despedir dele com estoicismo e indiferença e na feliz ignorância de como isso tudo lhe acontecera até agora e do porquê de tudo ter sido assim. Há de morrer na penumbra, ao crepúsculo de um dia lacrimoso, sem um fio de esperança, na mais completa perplexidade e sem saber como isso tudo foi arranjado dessa forma, pois de fato viveu (parece que viveu), conseguiu alguma coisa, e eis que agora, por alguma razão, tem de deixar esse mundo agradável e tranquilo tão subitamente e se mudar para um melhor. Em outros círculos, aliás, são feitos debates acalorados sobre o assunto; algumas pessoas instruídas e bem-intencionadas reúnem-se ardorosamente e expulsam com fúria todos os prazeres inocentes, tais como o mexerico e o *préférance* (não nos círculos literários, obviamente), e discutem diversos assuntos importantes com um entusiasmo inexplicável. Por fim, depois de discutir, de prosear, de solucionar algumas questões de utilidade pública e de convencer uns aos outros em tudo, o círculo todo afunda numa espécie de exasperação, numa espécie de lassidão desagradável. Por fim, todos se põem a esbravejar uns com os outros, a dizer umas duras verdades, algumas personalidades fortes e audaciosas são descobertas, e no fim tudo se desfaz, se acalma, adquire uma sólida experiência da vida prática e aos poucos se transforma num círculo da primeira categoria acima mencionada. Claro que é agradável viver assim, mas acaba se tornando enfadonho, terrivelmente enfadonho. Eu, por exemplo, me sinto enfadado em nosso círculo patriarcal porque nele sempre aparece e se destaca um tipo de cavalheiro de gênio insuportável. Os senhores conhecem bem esse tipo, senhores. Seu nome é legião. Esse cavalheiro tem *bom coração*, mas não possui nada mais a não ser um *bom coração*. Como se ter *bom coração*, nos dias de hoje, fosse uma coisa rara! Enfim, como se fosse tão necessário ter esse eterno *bom coração*. Esse cavalheiro, dotado dessa qualidade tão incrível, enfrenta o mundo plenamente confiante de que seu bom coração lhe basta completamente para deixá-lo satisfeito e feliz para sempre. Ele está tão convicto de seu sucesso que, ao preparar o caminho a seguir na vida, negligenciou todos os outros meios. Ele, por exemplo, não sabe o que é freios nem restrição. Nele tudo é aberto, tudo é franco.

Esse homem tem uma inclinação extraordinária a amar e fazer amizades subitamente, e a plena convicção de que, em troca, todo mundo gosta dele de imediato precisamente pelo fato de ele amar todo mundo. Seu bom coração nunca sequer sonhou que não basta amar com intensidade, que é preciso ainda dominar a arte de se obrigar a amar, sem o que tudo está perdido, sem o que a vida não é vida, nem para o seu coração amante, nem para aquele infeliz que ingenuamente foi escolhido como objeto de sua afeição irreprimível. Se essa pessoa se comporta como um amigo, então, no mesmo instante o amigo se dirige a ele como se ele fosse um móvel da casa, algo como uma escarradeira. Tudo, tudo, *seja qual for a sordidez que tenha dentro de si*, como diz Gógol,[31] tudo é lançado diretamente de sua boca para o coração do amigo. O amigo é obrigado a ouvir e se compadecer de tudo. Esse cavalheiro, se foi enganado pela vida, se foi trocado pela amante, se perdeu tudo no jogo, imediatamente se debruça como um urso sobre a alma do amigo, sem solicitar permissão, e despeja nela, desenfreadamente, todas as suas futilidades, e quase sempre sem perceber absolutamente que o amigo está com a fronte estalando por causa de suas próprias preocupações, que seus filhos morreram, que aconteceu uma desgraça com sua mulher, que, por fim, ele mesmo, esse cavalheiro com seu coração amante, deixou seu amigo farto como um rábano-de-cavalo[32] e que, por fim, com delicadeza, lhe faz uma alusão sobre o tempo que está esplêndido, muito apropriado para um passeio solitário inadiável. Se se apaixona por uma mulher, ele a ofende mil vezes com seu temperamento "natural", antes que seu coração amante o perceba; antes de perceber (se é que ele é capaz de perceber) que essa mulher definha por seu amor, que ela, enfim, se sente mal, que lhe é intolerável a sua companhia e que ele lhe envenenou toda a existência graças às inclinações titânicas de seu coração amante. Sim! É apenas na solidão, num recanto e, mais que tudo, num círculo, que se fabrica essa maravilhosa obra da natureza, esse *exemplo da nossa matéria-prima*, como dizem os americanos, um exemplo que não demandou nenhuma gota de aptidão, no qual tudo é natural, tudo é espontâneo, sem rédeas e sem freios. Um homem desses se esquece e, em sua completa ingenuidade, nem sequer desconfia de que a vida é toda uma arte, de que viver significa fazer de si mesmo

[31] Alusão à passagem de *Trechos selecionados da correspondência com amigos* (1847), de Gógol, em que ele diz: "às baixezas dos meus personagens eu tenho adicionado minha própria sordidez". (N. da T.)

[32] Planta selvagem muito resistente. (N. da T.)

uma obra-prima; de que é apenas nos interesses gerais, na compaixão pela massa da sociedade e por suas reivindicações diretas e imediatas — e não com a modorra, com a indiferença, que faz com que a massa se desagregue, com o isolamento —, que ele pode lapidar o diamante precioso, brilhante e genuíno, o seu tesouro, o seu capital, o seu bom coração!

Senhor, meu Deus! Onde se meteram os vilões dos melodramas e dos romances de outrora, senhores? Como era agradável quando eles faziam parte deste mundo! Era agradável porque, no mesmo instante, bem à mão, estava ali o mais virtuoso dos homens, que, enfim, defendia a inocência e punia o mal. Esse vilão, esse *tirano ingrato*,[33] já nascia vilão, totalmente pronto, por alguma espécie de predestinação secreta e completamente incompreensível do destino. Tudo nele era a personificação do mal. Ele já era perverso desde o ventre materno; mais ainda: é possível que seus antepassados, ao pressentir sua vinda ao mundo, tenham escolhido de propósito um *sobrenome* que correspondesse perfeitamente à posição social de seu futuro descendente. E só de ouvir o sobrenome os senhores já sabem que esse homem anda com uma faca e esfaqueia as pessoas por esfaquear, a troco de nada, sabe Deus por quê! Como se ele fosse uma máquina de cortar e fatiar. Isso era bom! Ao menos era compreensível! Mas, agora, só Deus sabe do que falam os escritores. Agora, de repente, as coisas estão de um jeito que o mais virtuoso dos homens, e até mesmo o mais incapaz de fazer qualquer malfeitoria, de repente se revela um vilão sem sequer saber disso. E o mais lamentável de tudo é que não há quem perceba isso, não há ninguém para lhe dizer isso, e quando se vai ver, ele tem uma vida longa e honrada e acaba morrendo com tais honrarias, com tais louvores, que é de se sentir inveja, quase sempre é chorado com sinceridade e ternura, e o

[33] Em latim no original. (N. da T.)

mais engraçado de tudo é que é chorado por sua própria vítima. Não obstante, no mundo às vezes há tanto bom senso que chega a ser incompreensível como isso tudo pôde ter lugar entre nós. Quanta coisa já não foi feita pela felicidade das pessoas nas horas de lazer! Ainda que seja, por exemplo, um caso dos mais recentes: meu bondoso amigo, um antigo amigo que de certo modo também foi meu protetor, Iulian Mastákovitch,[34] pretende se casar. Para dizer a verdade, não poderia se casar numa idade mais apropriada. Ainda não se casou, ainda faltam três semanas para o casamento; mas toda noite ele veste seu colete branco, põe a peruca e todas as suas condecorações, compra bombons e um buquê de flores e vai fazer um agrado a Glafira Pietrovna, sua noiva, uma jovem de dezessete anos, completamente inocente e totalmente ignorante de todo mal. Só a ideia dessa última circunstância já provoca um leve sorriso nos doces lábios de Iulian Mastákovitch. Não, chega a ser até agradável casar-se numa idade dessas! Na minha opinião, se é para dizer tudo, chega a ser indecente fazer isso na juventude, isto é, até os trinta e cinco anos. Uma paixão de passarinho! Mas nesse caso, quando o homem está beirando os cinquenta — a posição, a decência, o tom e a maturidade física e moral —, isso é bom, é realmente bom! E que ideia! O homem viveu, viveu por longo tempo, e por fim alcançou a felicidade... E foi isso que me deixou completamente perplexo, porque um dia desses Iulian Mastákovitch chegou à tarde ao seu gabinete com as mãos para trás e um semblante tão azedo, embotado e meio sombrio que, se houvesse ao menos alguma coisa de insosso no caráter daquele funcionário sentado num canto no mesmo gabinete, ocupado com um assunto urgente e de máxima im-

[34] Essa personagem aparece em dois contos de Dostoiévski datados de 1848: "Uma árvore de Natal e um casamento" e "Um coração fraco". (N. da T.)

portância, no mesmo instante a coisa teria inevitavelmente começado a azedar, só com o olhar de seu protetor. Só agora compreendi o que foi que aconteceu. Não tenho sequer vontade de contar; uma circunstância tão estúpida e insignificante que sequer ocorreria a uma pessoa de pensamentos nobres levar em conta. Na rua Garókhovaia, num terceiro andar, há um apartamento. Houve uma época em que eu quis alugá-lo. Esse apartamento agora está alugado para a esposa de um assessor; isto é, ela foi esposa de um assessor, mas ficou viúva e é uma dama jovem e muito bem-apessoada. E eis que Iulian Mastákovitch não parava de se atormentar, preocupado com o que faria, depois de casado, para continuar frequentando à noite, como antes, ainda que mais raramente, a casa de Sofia Ivánovna, para conversar com ela sobre seu caso no tribunal. Havia já dois anos que Sofia Ivánovna entrara com um recurso e Iulian Mastákovitch, que tinha um coração muito bom, estava intercedendo por ela. E daí as tais rugas que começaram a afluir à sua fronte respeitável. Mas, enfim, ele vestiu seu colete branco, pegou os bombons e o buquê de flores e, com um ar de felicidade, foi ao encontro de Glafira Pietrovna. "Há pessoas que têm tanta sorte!", pensei, ao me lembrar de Iulian Mastákovitch. — "À flor de seus anos de declínio, o homem encontra uma namorada que o compreende perfeitamente, uma moça de dezessete anos, inocente e instruída, que deixara o colégio interno há apenas um mês. E esse homem há de viver, esse homem seguirá vivendo feliz e satisfeito!" A inveja tomou conta de mim! Naquela hora, o dia estava tão sujo e embaçado. Eu caminhava pela Siennáia.[35] Mas sou um folhetinista, senhores, e devo lhes falar das novidades mais recentes, mais *palpitantes* — ocorreu-me empregar esse clichê antigo e respeitável, sem dúvida criado na esperança de que o leitor de Petersburgo fosse pu-

[35] Praça Siennáia, em Petersburgo. (N. da T.)

lar de alegria por uma novidade palpitante qualquer, por exemplo: que Jenny Lind[36] está de partida para Londres. Mas o que é Jenny Lind para o leitor de Petersburgo? Ele próprio tem tanta coisa... Mas de seu, senhores, infelizmente não tem nada. E eis que caminhava pela Siennáia e me pus a refletir sobre o que havia de escrever. Uma angústia me corroía. A manhã estava enevoada e úmida. Petersburgo despertara zangada e colérica, como uma donzela da sociedade, irritada, amarelada de raiva pelo que lhe acontecera no baile na noite anterior. Petersburgo estava irritada da cabeça aos pés. Se dormira mal, se derramara uma quantidade desproporcional de bílis à noite, se apanhara um resfriado e se constipara, se perdera no jogo na noite anterior, como um garotinho, a ponto de ter de se levantar de manhã com os bolsos completamente vazios, despeitado com as esposas mimadas e más, com os filhos grosseiros e preguiçosos, com a turba rude de criados com barba por fazer, com os judeus credores, com os conselheiros miseráveis, os caluniadores e todo tipo de outros difamadores — é difícil dizer; o fato é que estava tão zangada que dava tristeza olhar para os seus muros enormes e úmidos, para os seus mármores, os seus baixos-relevos, as suas colunas, as suas estátuas, que também pareciam zangadas com o mau tempo, que tremiam e chegavam a ranger os dentes por causa da umidade, para o granito sem neve e úmido das calçadas, que pareciam escarambadas sob os pés dos transeuntes por maldade, e, por fim, para os próprios transeuntes, pálido-esverdeados e severos, como que terrivelmente zangados, a maioria bem barbeada, correndo para lá e para cá para cumprir suas obrigações. Todo o horizonte de Petersburgo tinha um aspecto tão azedo, mas tão azedo... Petersburgo estava amuada. Era evidente que ela sentia uma von-

[36] Johanna Maria Lind (1820-1887), conhecida como Jenny Lind, célebre cantora lírica apelidada de "Rouxinol Sueco". (N. da T.)

tade terrível, como acontece nesses casos com certos cavalheiros coléricos, de despejar todo o seu despeito melancólico em alguma terceira pessoa estranha que lhe cruzasse o caminho, de brigar, de desdenhar terminantemente de alguém, de praguejar como um cocheiro e depois ela mesma também se evadir de seu posto para algum lugar e não permanecer mais no austero pântano íngrio[37] por nada neste mundo. Até mesmo o próprio sol, ao partir durante a noite para os antípodas, por razões as mais imperiosas, pelas quais deveria se apressar, com o amor mais suntuoso e o sorriso mais acolhedor, para beijar seu filho doente e mimado, parou no meio do caminho; ele olhou com perplexidade e compaixão para aquela resmungona insatisfeita, a filha mirrada e rabugenta, e rolou tristemente para trás de uma nuvem cor de chumbo. Apenas um único raio de luz, radiante, como que pedindo licença para chegar às pessoas, por um breve momento saltou com vivacidade da profunda bruma violeta, pôs-se a brincar travessamente nos telhados, cintilou em seus muros escuros e umedecidos, fragmentou-se em mil fagulhas em cada gota de chuva e desapareceu, como que ofendido por sua solidão — desapareceu como um encantamento súbito que inadvertidamente voara ao encontro da cética alma eslava, da qual ele imediatamente se envergonha e à qual não reconhece. No mesmo instante se propagou o mais espesso crepúsculo por toda Petersburgo. Bateu uma hora da tarde, e parecia que nem o próprio carrilhão da cidade conseguia compreender que lei o obrigava a bater essa hora numa tal escuridão.

Nisso, uma procissão fúnebre veio ao meu encontro e, no mesmo instante, na qualidade de folhetinista, lembrei-me da gripe e da febre, que eram praticamente a questão do dia

[37] *Ingermanland* (em latim, *Ingria*) é o antigo nome da região que compreende a província de São Petersburgo, incluindo as margens do Nievá e o golfo da Finlândia. (N. da T.)

em Petersburgo. Era um velório suntuoso. O herói do cortejo, num caixão luxuoso, dirigia-se com decoro e solenemente, com os pés para a frente, para o apartamento mais confortável do mundo. Uma longa fileira de capuchinhos, esmagando com suas botas pesadas os ramos de abeto espalhados, fazia exalar um odor de alcatrão por toda a rua. O chapéu com plumas colocado sobre o caixão anunciava aos transeuntes, como requer a etiqueta, a patente do dignatário.[38] As condecorações vinham atrás dele numa almofada. Ao lado do caixão, um coronel, já de todo grisalho, soluçava inconsolável, devia ser genro do falecido, ou talvez primo. Na longa fileira de carruagens surgiam rostos tensos pelo luto, como é o costume, e ouvia-se o chiado dos mexericos incessantes e o riso alegre das crianças com *pliôriezi*[39] brancas. Comecei a sentir uma espécie de angústia, de despeito, e eu, como não tivesse absolutamente ninguém a quem injuriar, com a expressão mais injuriosa e até mesmo um ar profundamente ofendido, cumprimentei com amabilidade um cavalo fleumático, aguado de todas as quatro patas, comportadamente parado na fileira, que havia muito mastigara o último tufo de feno roubado da carroça ao lado e que, por falta do que fazer, resolvera gracejar, isto é, escolher o transeunte mais carrancudo e ocupado (por quem ele deve ter me tomado) e agarrá-lo levemente pelo colarinho ou pela manga e puxar para si, e depois, como se nada tivesse acontecido, mostrar-me seu focinho bondoso e barbudo, deixando-me sobressaltado e arrancando-me de surpresa de meus deprimentes pensamentos matinais. Pobre rocim! Cheguei em casa e me dispunha a começar a escrever minha crônica, mas, sem saber como nem por quê, abri uma revista e comecei a ler uma novela.

[38] O chapéu com plumas era utilizado pelos conselheiros de Estado russos. (N. da T.)

[39] Enfeite branco costurado à roupa em sinal de luto. (N. da T.)

A novela descrevia uma família moscovita de classe média baixa.[40] Ali se falava também de amor; não sei quanto aos senhores, meus senhores, mas eu não gosto de ler histórias de amor. E era como se me transportasse a Moscou, à pátria longínqua. Se não leram essa novela, senhores, pois então leiam. Mas, de fato, o que lhes poderia contar de melhor, de mais recente? Que na avenida Niévski prosperam novas diligências, que o Nievá deixou todo mundo ocupado a semana inteira, que ainda se continua a bocejar nos salões, nos dias fixados, na expectativa do verão? É isso o que querem? Mas disso já estão saturados há muito tempo, senhores. Pois já leram a descrição de uma manhã do norte. Pois chega de tédio, não é verdade? Então, peguem um dia chuvoso, uma dessas manhãs chuvosas, para ler essa história sobre uma pequena família moscovita e um espelho de família quebrado. É como se já tivesse visto em minha infância essa pobre Anna Ivánovna, uma mãe de família, e conheço também Ivan Kiríllitch. Ivan Kiríllovitch é um homem bom, exceto nas horas de diversão, de fanfarrear, quando gosta de fazer certas brincadeirinhas. Por exemplo, sua esposa era doente e vivia com medo de morrer. E ele, diante das pessoas, começava a rir e, por brincadeira, se punha a dizer de lado que, quando ficasse viúvo, tornaria a se casar. A mulher fazia de tudo para se controlar, se punha a rir com esforço, o que fazer se esse era o caráter do marido? E eis que a chaleira se quebrou; é claro que custa dinheiro; mas diante das pessoas, não obstante, dá vergonha quando o marido começa a censurar e deixar a esposa acanhada por sua falta de jeito. E eis que chegou o Carnaval. Ivan Kiríllovitch não estava em casa. Muitas amiguinhas de sua filha mais velha, Ólienka, reuniram-se para a festa, meio que às escondidas. Havia também muitos ra-

[40] Trata-se da novela *Sboiev*, de Piotr Kudriávtsiev (1816-1858), publicada na revista *Anais da Pátria* em 1847. (N. da T.)

pazes ali, eram crianças cheias de vivacidade; havia também um certo Pável Lukitch, que parecia ter saído de um romance de Walter Scott. Esse Pável Lukitch atazanou todo mundo e propôs uma brincadeira de cabra-cega. Anna Ivánovna, doente, teve como que um pressentimento; mas, levada pela vontade de todos, autorizou a brincadeira de cabra-cega. Ah, senhores, exatamente como há quinze anos, quando eu brincava de cabra-cega! Que brincadeira! E esse Pável Lukitch! Não foi à toa que Sachenka, uma amiguinha de Ólienka de olhos negros, cochichava, apertando-se contra a parede, tremendo diante da expectativa de ser descoberta. Pável Lukitch era terrível, mesmo com os olhos vendados. Aconteceu de as crianças menores se esconderem num canto atrás de uma cadeira e começarem a fazer ruído perto do espelho; Pável Lukitch se precipitou na direção do ruído, o espelho balançou, se desprendeu das presilhas enferrujadas, e a parte superior voou para o chão e se quebrou em mil pedaços. Pois bem, quando li isso, foi como se eu tivesse quebrado esse espelho! Era como se eu fosse o culpado de tudo. Anna Ivánovna ficou pálida; todos se dispersaram, tomados de um pânico terrível. O que há de acontecer? Esperei a chegada de Ivan Kiríllovitch com impaciência e medo. Pensava em Anna Ivánovna. E eis que à meia-noite retornou embriagado. Uma velhinha, uma língua viperina, um tipo moscovita antigo, foi ao seu encontro na entrada e sussurrou-lhe algo, sem dúvida acerca do *infortúnio* que se sucedera. Meu coração se pôs a bater, e de repente teve início a tempestade, a princípio com barulho e trovão, em seguida foi se amainando cada vez mais; ouvi a voz de Anna Ivánovna, o que há de acontecer? Três dias depois ela estava de cama e um mês depois faleceu de uma tísica terrível. Mas, como assim, por causa de um espelho quebrado? Mas como isso é possível? Pois é; e não obstante ela faleceu. Há um certo encanto dickensiano vertido na descrição dos últimos minutos dessa vida humilde e anônima!

Ivan Kiríllovitch também é bom. Ele quase enlouqueceu. Ele próprio corria à farmácia, se indispunha com o doutor e chorava o tempo todo, por sua mulher o estar deixando! Sim, fez-me lembrar muita coisa. Em Petersburgo também há muitas famílias assim. Conheci pessoalmente um Ivan Kiríllovitch. Mas há muitos deles por toda parte. E se me pus a lhes falar dessa novela, senhores, é porque eu mesmo tinha a intenção de lhes contar uma história. Mas fica para outra vez. E, a propósito, sobre literatura. Ouvimos dizer que há muita gente bastante satisfeita com a temporada literária do inverno. Não houve gritos, nem qualquer animação especial, nem mesmo disputas dente por dente; ainda que tenham surgido alguns novos jornais e revistas. Parece que ficou tudo mais sério e mais rigoroso; há mais coerência, maturidade, reflexão e anuência em tudo. É verdade que o livro de Gógol causou sensação no começo do inverno. É digna de nota sobretudo a referência unânime a ele em quase todos os jornais e revistas, que constantemente discordam um do outro em suas tendências.[41]

Desculpem-me, esqueci-me de falar do principal. Eu o tive em mente durante todo o tempo que passei narrando, mas me fugiu da memória. Ernst fará mais um concerto; a arrecadação será em benefício da Sociedade de Assistência aos Pobres e à Sociedade Alemã de Filantropia. Nem dissemos que o teatro estará lotado porque estamos certos disso.

*F. D.*

[41] Referência a *Trechos selecionados da correspondência com amigos*, de Gógol, que despertara indignação nos meios progressistas que Dostoiévski frequentava na época. (N. da T.)

## 11 DE MAIO DE 1847

Acaso os senhores sabem qual é, na nossa vasta capital, o valor de um homem que tem sempre em reserva alguma novidade que ninguém conhece ainda e que, acima de tudo, possui o dom de narrá-la de modo agradável? A meu ver, esse é quase um grande homem; mesmo porque, sem sombra de dúvida, ter uma novidade em reserva é melhor do que possuir um capital. Quando um cidadão de Petersburgo fica sabendo de alguma novidade rara e corre a contá-la, ele sente de antemão uma certa volúpia espiritual; sua voz se torna lânguida e treme de prazer; e é como se tivesse o coração banhado em essência de rosas. E nesse minuto, enquanto ainda não comunicou sua novidade, enquanto corre ao encontro de seus amigos pela avenida Niévski, de súbito se liberta de todas as suas contrariedades; chega (de acordo com observações) a se sentir curado das doenças mais inveteradas e até a perdoar os inimigos com prazer. Ele se sente sereno e importante. E a que se deve isso? Ao fato de que, num momento tão solene, o homem de Petersburgo toma consciência de toda a sua dignidade, de toda a sua importância, e faz plena justiça a si próprio. Mais ainda. Eu mesmo, assim como os senhores, conhecemos certamente muitos cavalheiros aos quais os senhores (a não ser em circunstâncias realmente embaraçosas) por nada no mundo teriam admitido em seu vestíbulo, nem para fazer uma visita ao seu camareiro. É deplorável! O próprio cavalheiro compreende que a culpa é sua e se parece muito com um cãozinho com o rabo e as orelhas murchos aguardando uma ocasião. E de repente esse momento chega; esse mesmo cavalheiro bate à sua porta, bem-disposto e satisfeito consigo mesmo, passa pelo lacaio atônito, estende-lhe a mão sem constrangimento e com uma expressão radiante, e o senhor reconhece imediatamente que ele está em seu pleno direito de fazê-lo porque ele tem uma novidade, um mexerico ou alguma coisa de muito agradável; esse cavalheiro jamais teria ousado entrar em sua casa se não fosse numa circunstância dessas. E não é sem prazer que o senhor o escuta, embora o senhor talvez não se pareça absolutamente com aquela dama respeitável da alta sociedade que tinha aversão a qualquer novidade, mas que ouviu com prazer a anedota sobre a esposa que ensinava inglês aos filhos e sovava o marido.[42]

O mexerico é saboroso, senhores! Sempre achei que, se aparecesse em Petersburgo alguém com esse dom, que descobrisse alguma coisa nova para tornar nossa vida social mais confortável, algo que ainda não existe em nenhum país — juro que não sei, senhores, quanto dinheiro haveria de chegar a fazer esse homem. Mas nós continuamos tendo de nos arranjar com nossos artistas toscos, com nossos parasitas e galhofeiros. E há verdadeiros mestres! É uma maravilha criada pela natureza humana! De repente, e não que seja por vilania, absolutamente, um homem deixa de ser homem e se transforma num mosquito, um mosquito dos mais banais e insignificantes. Seu rosto se transforma e se cobre de um líquido que não é líquido, mas uma espécie de colorido especialmente brilhante. Sua estatura se torna de repente incomparavel-

[42] Referência a um fragmento dramático de Gógol, publicado em 1842, que diz: "A esposa exemplar fica em casa, dedica-se à educação dos filhos, ela mesma lhes ensina inglês! Que educação! Sova o marido todos os dias, como se fosse um gato...". (N. da T.)

mente menor que a dos senhores. Sua autossuficiência fica completamente aniquilada. Ele os olha nos olhos, sem tirar nem pôr, como um cãozinho à espera de migalhas. Mais ainda, mesmo vestindo um fraque dos mais magníficos, num acesso de familiaridade, se deita no chão, abana alegremente o rabinho, começa a ganir e a se lamber, não come as migalhas até ouvir a palavra: *coma!*, desdenha o pão dos *jids*[43] e, o mais engraçado de tudo, o que lhe dá mais prazer, é que não perde nem um pingo da sua dignidade. Ele a conserva, sagrada e intacta, até mesmo na própria convicção dos senhores, e tudo isso acontece com a maior naturalidade do mundo. O senhor, é claro, é um Regulus de honestidade, ou ao menos um Aristides, em suma, morreria pela verdade.[44] O senhor pode ver através de seu homenzinho. O homenzinho, de sua parte, assegura que é totalmente transparente: e tudo corre às mil maravilhas, o senhor se sente bem e o homenzinho não perde a dignidade. O fato é que ele os cobre de elogios, senhores. É claro que não é bom que ele lhes cubra de elogios diretamente; isso é sórdido, é deplorável; mas o senhor acaba por perceber que o homem o elogia de modo inteligente, que ele aponta justamente aquilo que o senhor mesmo mais admira em sua pessoa. Por conseguinte, há inteligência, há tato, há até mesmo sentimento, há conhecimento do coração humano; já que ele reconhece no senhor até mesmo aquilo que, talvez, o mundo se recusa a reconhecer, é óbvio que injustamente, por inveja. Sabe-se lá, o senhor acaba dizendo, pode ser que não seja um adulador, mas apenas uma criatura demasiado ingênua e sincera; e por que, então, afinal de contas, rejeitar a pessoa logo ao primeiro contato?

[43] Termo pejorativo para se referir aos judeus. (N. da T.)

[44] Referência a Marcus Atilius Regulus (299-246 a.C.), político e militar romano, e Aristides (535-468 a.C.), estadista e estrategista ateniense. (N. da T.)

E um homem desses consegue tudo o que quiser conseguir, como aquele *jídok*[45] que implora ao *pan*[46] para não comprar sua mercadoria, não! Para que comprar? — Que o *pan* apenas dê uma olhada naquela trouxa, ainda que fosse só para cuspir na mercadoria do *jid* e seguir adiante. O *jid* desamarra e o *pan* compra tudo o que o *jídok* desejava vender. E uma vez mais não é absolutamente por vilania que age o nosso homenzinho da capital. Para que palavras empoladas? Não é absolutamente uma alma vil — é uma alma inteligente, uma alma amável, uma alma sociável, uma alma que deseja receber, uma alma questionadora, uma alma mundana, uma alma que, é verdade, se põe um pouco à frente no tempo, mas ainda assim é uma alma — não diria que igual à de todo mundo, mas igual à de muita gente. E isso tudo ainda é tão bom porque, sem ela, sem uma alma dessas, todos nós morreríamos de tédio ou dilaceraríamos uns aos outros. A hipocrisia, a dissimulação e a máscara — são uma coisa detestável, concordo, mas se, no presente momento, todo mundo aparecesse como de fato é, pois juro que isso seria bem pior.

Todas essas reflexões úteis me vieram à mente no exato instante em que Petersburgo saiu para o Jardim de Verão[47] e para a avenida Niévski, a fim de mostrar seus novos trajes de primavera.

Meu Deus! Sobre um único encontro na avenida Niévski é possível escrever um livro inteiro. Mas os senhores já co-

[45] Diminutivo de *jid*. (N. da T.)

[46] "Senhor", na Polônia e na antiga Ucrânia. (N. da T.)

[47] O Jardim de Verão é o parque mais antigo de Petersburgo, criado no início do século XVIII, junto ao rio Nievá e ao Palácio de Verão de Pedro, o Grande. O próprio imperador delineou seu projeto original, semelhante aos famosos parques da Europa Ocidental da época. Em pouco tempo, o Jardim de Verão se tornou o centro da vida política e oficial, das cerimônias e celebrações da corte. (N. da T.)

nhecem isso tudo por experiência própria e tão bem, senhores, que, na minha opinião, nem é preciso escrever livro nenhum. Ocorreu-me outra ideia: a saber, que em Petersburgo se gasta dinheiro a rodo. Seria curioso saber se há muita gente assim em Petersburgo, que tem o suficiente para tudo, ou seja, pessoas, por assim dizer, que são completamente prósperas. Não sei se estou certo, mas sempre imaginei Petersburgo (se me permitem a comparação) como o filhinho caçula e mimado de um paizinho altamente respeitável, um homem dos tempos antigos, rico, generoso, sensato e extremamente bondoso. O paizinho acabou por se retirar de suas funções, se instalou no campo e está feliz da vida por poder, em seu fim de mundo, vestir sua sobrecasaca de algodão grosso sem violar as regras do decoro. Mas o filhinho é entregue à vida, o filhinho deve estudar todas as ciências, o filhinho deve ser um jovem europeu, e o paizinho, embora só tenha tomado conhecimento da ilustração por ouvir dizer, quer a todo custo que o filhinho seja o jovem mais ilustrado da cidade. O jovem imediatamente se agarra à crista, cai na vida, adquire roupas europeias, deixa crescer o bigode e a barba à moda espanhola, e o paizinho, sem perceber absolutamente que o filhinho ao mesmo tempo adquiria pensamento próprio, adquiria experiência, adquiria independência, que ele, de um modo ou de outro, queria viver a própria vida e, aos vinte anos, aprendera, até mesmo por sua experiência, mais do que ele aprendera durante toda a sua vida vivendo de acordo com os costumes dos antepassados; ao ver, horrorizado, apenas a barba à espanhola, ao ver que o filhinho recorre sem ressalvas ao largo bolso paterno, ao notar, enfim, que o filhinho é um pouco cismado e não dá ponto sem nó, o paizinho resmunga, fica zangado, acusa tanto a ilustração quanto o Ocidente e, o mais importante, fica indignado pelo fato de "os ovos começarem a ensinar a galinha". Mas o filhinho precisa viver, e ele tinha tanta pressa que sua energia juvenil involuntariamente dá o que pensar. Com certeza, está gastando dinheiro a rodo.

Eis, por exemplo, que a estação de inverno chegou ao fim e que Petersburgo, ao menos no calendário, pertence à primavera. As longas colunas dos jornais começam a se encher de nomes de pessoas que partiram para o estrangeiro. Para sua surpresa, os senhores imediatamente percebem que Petersburgo está muito mais chateada com sua saúde do que com seu bolso.[48] Confesso que, ao comparar esses dois males, fui a tal ponto acometido pelo temor e o pânico que comecei a me imaginar não na capital, mas num hospital. Mas de imediato ponderei que me preocupava à toa e que a bolsa do paizinho provinciano ainda era bem larga e recheada.

Os senhores verão com que esplendor inédito as datchas se encherão, que trajes inconcebíveis vão colorir os bosques de bétulas e como todos ficarão satisfeitos e felizes. Eu mesmo estou plenamente convencido de que mesmo um homem pobre fica logo satisfeito e feliz ao ver uma alegria generalizada. Ao menos há de ver de graça o que não se pode ver por dinheiro nenhum em nenhuma cidade do nosso vasto império.

Mas, a propósito, sobre o homem pobre. Parece-nos que, de todas as formas de pobreza possíveis, a pobreza mais repugnante, mais abominável, ignóbil, vil e suja é a das altas rodas, embora seja muito rara essa pobreza que dilapidou até o último copeque mas que, por obrigação, se desloca em carruagens, respinga lama nos transeuntes que ganham o pão de cada dia com o suor do rosto e um trabalho honrado e, apesar dos pesares, possui serviçais de gravata branca e luvas brancas. Essa é a miséria que se envergonha de pedir esmolas

[48] Muitas das viagens ao exterior eram justificadas como sendo para tratamentos de saúde. (N. da T.)

mas não se envergonha de aceitá-la da maneira mais cínica e descarada. Mas chega dessa imundície. Desejamos sinceramente aos cidadãos de Petersburgo que se divirtam em suas datchas e bocejem um pouco menos. Já se sabe que o bocejo em Petersburgo é uma doença, assim como a gripe, a hemorroida, a febre, uma doença da qual, por muito tempo ainda, nenhuma medicação nos libertará, nem mesmo os medicamentos da moda em Petersburgo. Petersburgo se levanta bocejando, cumpre suas obrigações bocejando e volta a dormir bocejando. Mas onde ela mais boceja é em seus bailes de máscaras e na ópera. A ópera aqui, entretanto, é uma perfeição. As vozes de cantores divinos são tão puras e sonoras que já começam a ecoar agradavelmente por todo o nosso vasto império, por todas as cidades, cidadezinhas, vilarejos e aldeias. Todo mundo já sabe que há uma ópera em Petersburgo e todo mundo sente inveja. Contudo, Petersburgo ainda assim se sente um pouco entediada, e ao fim do inverno a ópera se torna tão entediante para ela como... bem, como, por exemplo, o último concerto do inverno. Não se pode, de modo algum, relacionar a última observação com o concerto de Ernst, realizado com um esplêndido propósito filantrópico.[49] Aconteceu uma história estranha: no teatro se formou uma aglomeração tão terrível que muita gente, para salvar a própria vida, resolveu dar um passeio no Jardim de Verão, que como que de propósito fora então aberto pela primeira vez ao público, e por isso o concerto ficou um tanto esvaziado. Mas isso não passou de um mal-entendido. O círculo para os pobres estava cheio. Ouvimos dizer que muita gente enviou donativos, mas sem vir pessoalmente, temendo justamente a terrível aglomeração. Um medo perfeitamente natural.

[49] Trata-se do concerto de Heinrich Wilhelm Ernst que aconteceu na manhã de 26 de abril de 1847. (N. da T.)

Não podem imaginar, senhores, que obrigação agradável é falar-lhes sobre as novidades de Petersburgo e escrever-lhes uma Crônica de Petersburgo! E digo mais: isso nem chega a ser uma obrigação, mas um prazer supremo. Não sei se compreenderão toda a minha alegria. Mas, juro, é muito prazeroso se reunir assim, sentar um pouco e conversar sobre interesses gerais. Por vezes me sinto pronto até a me pôr a cantar de alegria quando entro numa reunião social e vejo ali as pessoas mais respeitáveis e bem-educadas sentadas, reunidas, discutindo alguma coisa com ares de grande importância e ao mesmo tempo sem perder nem um pingo de sua dignidade. Do que estão falando é outra questão, às vezes até me esqueço de penetrar em suas conversas, plenamente satisfeito apenas com o quadro, com o decoro da sociedade. Meu coração se enche do mais reverente entusiasmo.

Mas penetrar no sentido, no *conteúdo* do que dizem entre nós as pessoas da sociedade, as pessoas — *não os círculos*, eu, de certo modo, até agora ainda não consegui. Sabe Deus o que é isso! Claro, deve ser, sem dúvida, alguma coisa fascinante, pois essas pessoas são todas respeitáveis e encantadoras, mas tudo parece incompreensível. Tem-se sempre a impressão de que a conversa começa como se estivessem afinando instrumentos: a pessoa passa umas duas horas e começa tudo de novo. Por vezes dá a impressão de que todos parecem falar de assuntos sérios, de assuntos que exigem profunda reflexão; mas depois, quando o senhor se pergunta sobre o que mesmo estavam falando, não há meio de se chegar a sabê-lo:[50] seria sobre luvas, ou sobre agricultura, ou sobre "se o amor de uma mulher é duradouro"? De modo que, con-

[50] A edição russa das obras de Dostoiévski observa que o escritor tem em vista a contradição entre o fenômeno exterior da vida de Petersburgo, quase sempre um invólucro enganador, e a sua essência, *leitmotiv* da novela *Avenida Niévski* (1835), de Gógol. (N. da T.)

fesso, às vezes me sinto como que tomado por um sentimento de melancolia. É como se o senhor, por exemplo, estivesse indo para casa numa noite escura, olhando ao redor com um ar distraído e desalentado e de repente ouvisse uma música. Um baile, isso mesmo, é um baile! Sombras adejam por trás das janelas vivamente iluminadas, o senhor pode ouvir o fru-fru dos vestidos e o arrastar dos pés, é como se pudesse ouvir o sussurro sedutor do baile, o forte bramido do contrabaixo, os ganidos do violino, a multidão, a iluminação, o gendarme à entrada, o senhor passa perto, entretido e animado; é como se houvesse despertado um anseio no senhor, um desejo vago. É como se agarrasse um vislumbre da vida, e no entanto não guarda consigo senão um motivo pálido e desbotado dela, uma ideia, uma sombra, quase nada. E se afasta, como se desconfiasse de algo; o senhor parece ouvir outra coisa, parece ouvir que através do motivo desbotado da nossa vida cotidiana soa outro motivo, penetrantemente vivo e triste, como no baile de Berlioz na casa dos Capuleto.[51] A dúvida e um sentimento de angústia lhe corroem e dilaceram o coração, como a angústia contida no longo refrão da tristonha canção russa que soa com um tom familiar e apelativo:

*Ouça... ressoam outros sons...*
*de uma folia melancólica e desesperada...*
*Será um bandoleiro cantando uma canção,*
*ou uma donzela chorando na triste despedida?*
*Não, são os ceifeiros retornando de sua jornada...*
*Quem então lhes compôs essa canção?*

[51] Hector Berlioz deu uma série de concertos em Petersburgo no inverno de 1847, e o programa incluiu trechos de sua nova sinfonia dramática *Romeu e Julieta*. (N. da T.)

*Como quem? Olhe em volta:*
*as florestas e as estepes de Sarátov...*[52]

Um dia desses foi celebrado o *siémik*.[53] É uma festa popular russa. O povo comemora com ela a chegada da primavera e por toda a vasta terra russa se confeccionam guirlandas. Mas em Petersburgo o tempo estava frio e sem vida. Nevava, as bétulas ainda não haviam desabrochado, e além disso o granizo abatera na véspera os brotos das árvores. Foi um dia terrivelmente parecido com um dia de novembro, quando se espera a primeira neve, quando o Nievá se agita ao ser enfunado pelo vento, e o vento perambula pelas ruas com silvos e ganidos, fazendo as lanternas rangerem. Tenho sempre a impressão de que quando o tempo está assim os habitantes de Petersburgo ficam terrivelmente zangados e tristes, e sinto um aperto no coração enquanto escrevo meu folhetim. Tenho sempre a impressão de que todo mundo fica preguiçosamente em casa com uma angústia raivosa, um fofocando à vontade, outro comemorando o dia com um bate-boca com a esposa, outro resignadamente debruçado sobre algum documento oficial, outro pondo um jogo noturno de *préférance* para acordar diretamente para uma nova partida dobrada, e outro, zangado, em seu canto solitário, preparando café na cozinha, adormece quase imediatamente, embalado pelo fantástico borbulhar da água na cafeteira. Parece-me que os transeuntes na rua estão pouco se importando com as festividades e os interesses públicos, que estão ali se molhando apenas por uma preocupação mesquinha, tanto o mujique

[52] Citação do poema “Dois destinos”, de Apollon Máikov, publicado em 1845. (N. da T.)

[53] Feriado popular russo comemorado na sexta quarta-feira após a Páscoa, semelhante ao nosso Dia dos Finados. (N. da T.)

barbudo, que prefere tomar chuva a ficar debaixo de sol, como o cavalheiro com peliça de castor, que não sairia com um tempo tão úmido e frio a não ser para investir seu capital... Em suma, isso não é bom, senhores![54]

*F. D.*

[54] Segundo a edição russa, este fecho é inspirado no último parágrafo do conto de Gógol "Como Ivan Ivánovitch brigou com Ivan Nikíforovitch" (1835), que Dostoiévski conhecia bem, e que termina com as palavras: "Este mundo é enfadonho, senhores!". (N. da T.)

## 1º DE JUNHO DE 1847

Agora que já estamos completamente tranquilos quanto à incerteza em que nos encontrávamos a respeito da estação do ano, e convencidos de que não teremos um segundo outono, mas a primavera, que enfim se decidiu a se transformar em verão; agora que as primeiras folhas verde-esmeralda conseguem fazer com que o habitante de Petersburgo comece aos poucos a partir para a datcha, até que a lama volte nossa Petersburgo permanecerá vazia, atulhada de lixo e de detritos, sendo reconstruída, limpa e como que repousando, como se parasse de viver por um curto período de tempo. Uma camada espessa de poeira fina e branca paira no ar tórrido. A multidão de operários, com a cal, com pás, martelos, machados e outros instrumentos, se espalha pela avenida Niévski como se estivesse na própria casa, como se a tivesse resgatado, e para infelicidade do pedestre, do *flâneur* ou do observador, a não ser que ele tenha um sério desejo de parecer um Pierrô coberto de farinha no carnaval romano. A vida na rua está adormecida, os atores estão passando férias na província, os literatos *repousando*, as lojas e os cafés estão vazios... O que resta a fazer aos cidadãos cujas obrigações os forçam a passar o verão inteiro na capital? Estudar a arquitetura dos edifícios, ver como a cidade se renova e se reconstrói? Claro que é uma ocupação importante e até, para dizer a verdade, edificante. O habitante de Petersburgo fica tão entretido no inverno, tem tantos prazeres, afazeres, trabalhos, jogos de *préférance*, mexericos e várias outras distrações e, além disso, a sujeira é tanta que é pouco provável que tenha tempo para olhar em torno, para observar Petersburgo com um pouco mais de atenção, estudar a sua fisionomia e ler a história da cidade e de toda a nossa época nessa massa de pedras, nesses monumentos, palácios e edifícios magníficos. Realmente, é pouco provável que passe pela cabeça de alguém a ideia de matar um tempo precioso com uma ocupação tão inocente e que não traz lucro. Há moradores de Petersburgo que não saem de seu quarteirão há uns dez anos ou mais e só conhecem bem o caminho para a repartição onde trabalham. Há aqueles que nunca estiveram no Hermitage, no Jardim Botânico, num museu, nem mesmo na Academia de Belas-Artes; enfim, nem chegaram a viajar pela estrada de ferro. E, portanto, o estudo da cidade, na verdade, não é uma coisa inútil. Não me lembro quando, aconteceu-me de ler um livro em francês inteiramente constituído de considerações sobre a situação atual da Rússia.[55] Claro que já sabemos muito bem qual é a opinião dos estrangeiros sobre a situação atual da Rússia; só não sucumbimos até agora a nos deixar medir pelo *archin* europeu[56] por uma certa teimosia. Mas, apesar disso, o livro do famigerado turista foi lido com avidez em toda a Europa. Nele, entre outras coisas, foi dito que não há nada mais desprovido de personalidade do que a arquitetura de Petersburgo; que nela não há nada de particularmente notável, *nada de nacional*, e que a cidade inteira não passa de uma caricatura ridícula de algumas capitais europeias; enfim, que Petersburgo, ainda que seja apenas do ponto de vista arqui-

[55] Segundo a edição russa, trata-se do livro *A Rússia em 1839*, do Marquês de Custine (pseudônimo de Astolphe-Louis-Léonor, 1790-1857), com suas anotações de viagem em forma epistolar. (N. da T.)

[56] Um *archin* é uma medida russa equivalente a 0,71 m. Aqui tem um sentido figurado: “a deixar que nos julguem pelos padrões europeus”. (N. da T.)

tetônico, apresenta uma mescla tão estranha que não para de nos surpreender e nos deixar estupefatos a cada passo. A arquitetura grega, a arquitetura romana, a arquitetura bizantina, a arquitetura holandesa, a arquitetura gótica, a arquitetura *rococó*, a arquitetura italiana mais recente, a nossa arquitetura ortodoxa — isso tudo, diz o viajante, está junto e amarfanhado do modo mais ridículo e, para concluir, não há um único edifício verdadeiramente belo! Em seguida, o nosso turista se desmancha em reverências a Moscou, por causa do Kremlin; diz, por ocasião do Kremlin, algumas frases retóricas e cheias de floreios,[57] orgulha-se da nacionalidade moscovita, mas amaldiçoa os *drojkis*[58] de corrida pelo fato — diz ele — de serem diferentes da antiga e patriarcal *liniêika*,[59] e desse modo, diz ele, está desaparecendo, na Rússia, tudo o que é original ou nacional. O significado que resulta disso é que o russo se envergonha do seu caráter nacional pelo fato de não querer mais viajar como antes, temendo, e com razão, que os solavancos da carruagem patriarcal de algum modo lhe sacudam a alma.

Isso foi escrito por um francês, isto é, por uma pessoa inteligente, como quase todo francês o é, mas de um ponto de vista tão superficial e excepcional que chega a ser estúpido; que não reconhece nada que não seja francês — nem na arte, nem na literatura, nem nas ciências, nem mesmo na história nacional e, principalmente, é capaz de se enfurecer pelo fato de existir um outro povo qualquer que tenha sua própria história, ideias próprias, caráter nacional e desenvolvimento próprio. Mas com que precisão as ideias do francês, sem que ele mesmo o soubesse, é óbvio, coincidem com algumas, não

[57] Referência à 24ª carta do livro de Custine. (N. da T.)

[58] Carruagem leve de quatro rodas com paralamas. (N. da T.)

[59] Carruagem grande e aberta, sem molas, utilizada na cidade para o transporte coletivo ou no campo para passeios em grupo. (N. da T.)

diria russas, mas nossas, ocas, concebidas em gabinete. É isso mesmo, o francês vê o caráter nacional russo justamente naquilo que muita gente quer vê-lo nos dias de hoje, isto é, numa letra morta, numa ideia ultrapassada, num monte de pedras que parecem lembrar a antiga *Rus* e, por fim, num retorno cego e incondicional a um passado denso e autóctone. Sem sombra de dúvida, o Kremlin é um monumento extremamente venerável desde os tempos mais remotos. É uma raridade de antiquário que se olha com uma curiosidade especial e com grande reverência. Mas em quê ele é completamente nacional é que não consigo entender! Há certos monumentos nacionais que sobrevivem ao seu tempo e deixam de ser nacionais. Hão de dizer: o povo russo conhece o Kremlin de Moscou, ele é religioso e aflui dos quatro cantos da Rússia para beijar as relíquias dos taumaturgos moscovitas. Pois bem, mas não há nada de especial nisso; o povo vai em multidão rezar em Kíev, na ilha Solovki, no lago Ladoga, no Monte Atos, em Jerusalém e por toda parte. Mas será que ele conhece a história dos santos moscovitas, de São Piotr e de São Filip?[60] Claro que não — por conseguinte, não tem a menor ideia dos dois principais períodos da história russa. Hão de dizer: o nosso povo venera a memória dos antigos tsares e príncipes da terra russa, que repousam na Catedral do Arcanjo em Moscou. Pois bem. Mas, então, quais dos príncipes e tsares da terra russa anteriores aos Romanov o povo conhece? De nome ele conhece três: Dmitri Donskói; Ivan, o Terrível, e Boris Godunov (cujos restos mortais repousam no Mosteiro da Santa Trindade).[61] Contudo, o povo conhece

[60] Duas figuras importantes da Igreja Ortodoxa Russa. Piotr nasceu em Kíev no século XIII e se estabeleceu em Moscou, onde morreu em 1326. Está enterrado na Catedral da Assunção, no Kremlin, onde também se encontram os restos mortais de Filip (1507-1569). (N. da T.)

[61] Dmitri Donskói (1350-1389), príncipe de Moscou lembrado por

Boris Godunov apenas porque ele construiu "Ivan, o Grande";[62] e de Dmitri Donskói e Ivan Vassílievitch há de dizer coisas tão insólitas que seria melhor ser surdo para não ouvir. Também ignora completamente as raridades do Palácio Facetado do Kremlin,[63] e é provável que haja razões para essa falta de compreensão que o povo russo tem de seus monumentos históricos. Mas, hão de dizer, penso eu: o que é o povo? O povo é ignorante e sem instrução, e hão de apontar para a sociedade, para as pessoas instruídas; mas mesmo o entusiasmo das pessoas instruídas por seu passado e seu ímpeto incondicional por ele sempre nos pareceu um entusiasmo influenciado, intelectual, romanesco, um entusiasmo de gabinete, pois quem, entre nós, conhece de fato a história? Os relatos históricos são muito conhecidos; mas a história nos dias de hoje, mais do que nunca, é o assunto mais impopular, um assunto de gabinete por excelência, um apanágio de eruditos, que discutem, debatem, comparam e até hoje não chegaram a um acordo sobre as ideias mais elementares; procuram uma chave para uma explicação plausível dos fatos, que mais do que nunca se tornaram misteriosos. Não vou entrar em discussão: nenhum russo pode ficar indiferente à

ter enfrentado o domínio mongol; é venerado como santo na Rússia. Ivan IV Vassílievitch, conhecido como Ivan, o Terrível (1530-1584), foi o primeiro tsar russo. Boris Fiódorovitch Godunov (1551-1605) foi um boiardo que governou *de facto* o Estado durante o reinado de Fiódor Ivánovitch, entre 1598 e 1605, e está enterrado no Mosteiro da Santa Trindade, o maior mosteiro da Rússia, fundado entre 1337 e 1340, em local próximo a Moscou. (N. da T.)

62 Referência ao sino do Kremlin, denominado "Ivan, o Grande", em homenagem a Ivan Kalita e Ivan III. Tratava-se de um sino de pedra, cuja base foi colocada em 1329, durante o reinado de Ivan Kalita. Ao se tornar tsar, em 1600, Boris Godunov mandou reconstruí-lo. (N. da T.)

63 O Palácio Facetado faz parte do complexo palaciano do Kremlin. Trata-se do edifício secular mais antigo de Moscou, construído por ordem do príncipe Ivan III entre 1487 e 1491. (N. da T.)

história da sua tribo, independentemente do modo como essa história se apresenta; mas exigir de todos que esqueçam e abandonem seu presente em função de objetos veneráveis, que possuem importância de antiquário, isso seria absurdo e injusto no mais alto grau.

Petersburgo não é assim. Aqui não se pode dar um passo sem que se veja, se ouça e se sinta o momento atual e a ideia do momento presente. Pode ser que, de um certo ponto de vista, tudo aqui seja um caos, seja tudo uma miscelânea; muita coisa talvez sirva como alimento à caricatura; mas, em compensação, tudo é vida e movimento. Petersburgo é não só a cabeça como o coração da Rússia. Começamos falando da arquitetura da cidade. Até essa sua diversidade toda é um testemunho da unidade de pensamento e da unidade de movimento. Essa série de edifícios de arquitetura holandesa rememora a época de Pedro, o Grande. Esse prédio ao estilo de Rastrelli lembra os tempos de Catarina,[64] esse, em estilo greco-romano — é de uma época mais tardia, mas tudo junto lembra a história da vida europeia de Petersburgo e da Rússia inteira. E até hoje Petersburgo está cheia de poeira e de lama; ela ainda está sendo criada, construída; seu futuro é ainda uma ideia; mas essa ideia pertence a Pedro I, ela está tomando corpo, crescendo e criando raízes dia após dia, não apenas no pântano de Petersburgo, mas em toda a Rússia, que vive apenas por Petersburgo. Todos já sentiram a força e os benefícios da orientação de Pedro, e todas as classes sociais estão convocadas à causa comum que é a encarnação da sua grande ideia. Consequentemente, todos começam a viver. Tudo — a indústria, o comércio, as ciências, a literatura, a educação, o princípio e a organização da vida social —, tudo vive e é mantido unicamente por Petersburgo. Todos,

[64] Referência ao arquiteto Bartolomeo Rastrelli (1700-1771), atuante na Rússia no tempo da imperatriz Catarina, a Grande. (N. da T.)

mesmo aqueles que nem mesmo querem refletir, já ouvem e pressentem uma vida nova e se lançam em direção à nova vida. E quem então, hão de dizer, há de condenar esse povo que, em alguns aspectos, esqueceu involuntariamente o seu passado e não respeita e estima senão o presente, isto é, o momento em que ele, pela primeira vez, começou a viver? Não, não é o desaparecimento do caráter nacional que vemos nesse anseio contemporâneo, mas o triunfo do caráter nacional, que, pelo jeito, não sucumbirá tão facilmente à influência europeia, como muitos acreditam. Na minha opinião, esse é um povo íntegro e saudável, que ama de maneira positiva seu momento presente, aquele em que vive, e ele é capaz de compreendê-lo. Um povo desses pode viver, mas a vitalidade e os princípios permanecerão para ele por todo o sempre.

Nunca se falou tanto em tendência contemporânea, em ideia contemporânea etc., como agora, nos últimos tempos. Jamais a literatura, ou qualquer outra manifestação da vida social, despertara tanta curiosidade. A temporada de inverno em Petersburgo, a mais produtiva e mais sobrecarregada de trabalho, só termina agora, no momento presente, isso é, em fins de maio. Os últimos livros estão saindo agora, os estabelecimentos de ensino estão encerrando as aulas, realizando os exames, da província chegam novos habitantes, e cada um reflete sobre o próximo inverno e sobre suas atividades futuras, não importa quais sejam e de que modo essa reflexão se realize. O senhor ficará mais convencido do que nunca do interesse geral por nosso momento presente se o senhor se aprofundar na última estação passada em Petersburgo. É claro que não diria que nossa vida moderna gira como um turbilhão, como um furacão, a ponto de nos deixar ofegantes, com medo e sem tempo de lançar um olhar para trás. Não, é preferível achar que ainda estamos como que nos preparando para ir a algum lugar, que andamos atarefados, arrumando as malas e empacotando nossas diversas reservas, como as pessoas costumam fazer antes de uma longa viagem. O pensamento contemporâneo não chegará muito longe se não se voltar ao passado; pois ele ainda receia uma marcha rápida demais. Ao contrário, é como se ele desse uma parada no meio de um caminho que conhece, chegasse aonde lhe é possível e ficasse olhando, vasculhando em torno de si, apalpando a si mesmo. Quase todo mundo começa a querer examinar, a analisar o mundo, um ao outro e a si mesmo. Todos sondam e medem um ao outro com olhares curiosos. Está surgindo uma espécie de confissão universal. As pessoas falam de si mesmas, escrevem sobre si mesmas e analisam a si mesmas perante o mundo, muitas vezes com dor e sofrimento. Milhares de novos pontos de vista se abrem a essas pessoas que jamais sequer suspeitaram possuir seu próprio ponto de vista sobre alguma coisa. Outros achavam que os ataques vinham de pessoas inquietas, imorais e até mesmo patifes, em consequência do ódio e de alguma raiva incubada. Achavam que os ataques perseguem apenas certas classes da sociedade, difamavam, acusavam e insinuavam ao público, mas agora esse erro também veio abaixo; sentem-se mais raramente ofendidos, perceberam e compreenderam que a análise não poupa nem mesmo os analistas e que, afinal, é melhor conhecer a si mesmos do que se zangar com os senhores escritores, que são as pessoas mais pacíficas desse mundo e não desejam ofender ninguém. Mas quem se sentia mais aborrecido eram outros cavalheiros, dos quais, ao que parece, ninguém se ocupava, e não se sabe por que imaginavam que estavam sendo enfiados, estavam sendo introduzidos em alguma história duvidosa e desagradável com o público; em geral, isso deu lugar a todo tipo de anedotas, as mais obscuras e até hoje inexplicáveis, e, realmente, seria muito interessante redigir uma fisiologia dos cavalheiros que se sentem ofendidos. É um tipo particular e muito curioso. Alguns deles gritavam a plenos pulmões contra a corrupção geral da moral e o olvido da decência, por causa de uma espécie de princípio particular qualquer, que consiste em que, ora, dizem eles, e daí que não se trata de mim, e daí que se trata de um outro qualquer, mas, ainda assim, para que publicar isso e para que permitir a publicação disso. Outros diziam que a virtude existe mesmo sem isso, que a sua existência no mundo já está minuciosamente descrita e irrefutavelmente comprovada em muitas obras de conteúdo moral e edificante, sobretudo em livros infantis, por conseguinte, para que ficar se preocupando com ela, procurando-a a troco de nada e empregando seu santo nome em vão? Claro que um cavalheiro desse tipo sente tanta necessidade de virtude quanto das bolotas do ano passado (além do mais, não dá absolutamente para saber por que ele ficou imaginando que se tratava de virtude); mas, ao primeiro grito, esse cavalheiro começou a ficar preocupado, a se mexer, começou a ficar furioso e a fazer alarde sobre a imoralidade. Ao vê-lo, um outro cavalheiro, também de aparência muito respeitável, que até agora levara uma vida pacífica e tranquila, de repente, sem mais nem menos, levantou-se de seu lugar, também começou a esbravejar e a trombetear em cada esquina que ele era um homem honesto, que ele era um homem de respeito e que não permitiria que o ofendessem. Alguns cavalheiros desse tipo repetiam com uma tal frequência que eram pessoas honestas e nobres que eles mesmos acabavam realmente por se persuadir do caráter indubitável de seus discursos alambicados e ficavam realmente bravos à menor suspeita de que seu nome respeitável não era pronunciado como merecia. Por fim, começaram de repente a trombetear nos dois ouvidos de um terceiro homem, bondoso, já de idade e até mesmo sensato, que tudo o que ele havia respeitado até o presente momento como a moral e a virtude mais elevadas, como que de súbito tornara-se outra coisa, que não era nem virtude nem moral, mas que não tinha nada de bom, e que tudo isso fora feito por tais e tais pessoas. Em suma, muitos, muitos mesmo, se sentiram tomados por um grande despeito; deram o alarme, se levantaram, começam a trombetear, a se agitar, a gritar e acabaram chegando a um ponto em que eles próprios começaram a sentir vergonha de seu próprio grito. Nos dias de hoje tudo isso é cada vez mais raro.

O surgimento de várias sociedades científicas e beneficentes que se formaram nos últimos tempos, a grande atividade nos mundos literário e acadêmico, o surgimento de vários nomes novos, dos mais notáveis, na ciência e na literatura, de várias edições e revistas novas, atraíram e continuam a atrair a atenção de todo o público e encontram nele total aprovação. Nada seria mais injusto do que as censuras de esterilidade e de inatividade à nossa literatura pela última temporada.[65] Vários romances e novelas novos, publicados em diversos periódicos, foram coroados de pleno êxito. Apareceram em revistas vários artigos notáveis, principalmente no que se refere aos campos científico e da crítica literária, da história russa e da estatística, apareceram várias edições separadas de brochuras e livros de história e de estatística. Uma edição dos clássicos russos foi realizada por Smirdin,[66] que foi coroada com o mais pleno êxito e continuará sendo, ininterruptamente. Foram publicadas as obras completas de Krilov.[67] O número de assinantes de jornais, revistas e de outras publicações cresceu em proporções consideráveis e a demanda por leitura já começou a se difundir por todas as cama-

[65] Dostoiévski tinha em mente o período que vai do outono de 1846 a junho de 1847, quando escreveu este folhetim. (N. da T.)

[66] Trata-se de Aleksandr Filíppovitch Smirdin (1795-1857), criador da *Biblioteca de Leitura*, que publicava clássicos russos em edições extremamente baratas. (N. da T.)

[67] Ivan Krilov (1769-1844), célebre fabulista, autor de expressões que se tornaram proverbiais na Rússia. (N. da T.)

das sociais. O lápis e o cinzel dos artistas também não ficaram ociosos; o esplêndido empreendimento dos senhores Bernardski e Águin — a ilustração de *Almas mortas*[68] —, está chegando ao fim, e não há elogio bastante ao trabalho consciencioso desses dois artistas. Algumas das xilogravuras foram magnificamente concluídas, tanto que seria difícil desejar algo melhor. M. Nevakhovitch, por enquanto nosso único caricaturista, continua a trabalhar incessante e incansavelmente em seu *Ieralach*. Desde o início, a novidade e o caráter extraordinário dessa publicação atraíram a curiosidade geral. De fato, é difícil imaginar um período mais propício do que o atual para o surgimento de um *artista* caricaturista. São muitas as ideias vividas e elaboradas pela sociedade; não há por que quebrar a cabeça sobre esse tema, embora escutemos com frequência: mas, do que então, enfim, devemos falar e escrever? Mas quanto mais talento tem o artista, mais ricos são seus meios para passar seu pensamento para a sociedade. Para ele não há barreiras nem dificuldades comuns, para ele o que existe é uma miríade de temas, sempre e em toda parte, e nesse século mesmo o artista pode encontrar seu alimento onde ele quiser e falar de tudo. Ademais, todo mundo tem necessidade de se expressar seja como for, todo mundo tem necessidade de pegar o que foi expresso e tomar por testemunha... Em outro momento falaremos mais detalhadamente das caricaturas do senhor Nevakhovitch. O assunto é mais importante do que parece à primeira vista.

*F. D.*

[68] Trata-se do álbum *Cem ilustrações para Almas mortas, de Nikolai Gógol*, lançado em 1846, de autoria de Ievstáfi Bernardski e Aleksandr Águin. (N. da T.)

## 15 DE JUNHO DE 1847

Mês de junho, calor, a cidade está deserta; todos foram para as datchas, viver de suas impressões e desfrutar a natureza. Há algo de indescritivelmente ingênuo, que chega a ser tocante, na nossa natureza de Petersburgo quando ela de súbito, como que inesperadamente, revelando toda a sua força, todo o seu poder, se veste de verde, se cobre de folhas novas, se endominga, se adorna de flores multicoloridas... Não sei por que, ela me lembra aquela jovem mirrada e enferma à qual o senhor às vezes olha com piedade, às vezes com um amor compassivo e às vezes simplesmente nem percebe, mas que de repente, num átimo, como que sem querer, por um milagre, se torna indescritivelmente bela, e o senhor, assombrado e estupefato, involuntariamente se pergunta: que força fez com que esses olhos sempre tão tristes e pensativos se pusessem a brilhar com tanto fogo, o que levou sangue a essas faces pálidas, o que inundou os traços delicados desse rosto de uma paixão arrebatadora, por que arfa tanto esse peito, o que evocou tão subitamente essa força, vitalidade e beleza para o rosto dessa mulher e fez com que ele se iluminasse com tal sorriso e se animasse com um riso cintilante e radiante? O senhor olha em redor, o senhor procura alguma coisa e o senhor tenta adivinhar... Mas esse breve momento passa e é provável que já no dia seguinte o senhor torne a encontrar o mesmo olhar triste, pensativo e distraído, as mesmas faces pálidas, a mesma timidez e submissão de sempre nos movimentos, a lassidão, a fraqueza, a melancolia profunda e até traços de uma espécie de despeito inútil e mortificador pelo entusiasmo momentâneo. Mas que comparação! E quem quer saber dela agora? Transferimo-nos para nossas datchas para levar uma vida espontânea, contemplativa, sem opiniões e comparações, para desfrutar a natureza, descansar, mandriar à vontade e deixar para trás, nos apartamentos de inverno, até um momento mais oportuno, qualquer cacaréu e disparate desnecessário e incômodo da vida cotidiana. Tenho, aliás, um amigo que um dia desses me garantiu que nós sequer sabemos mandriar como se deve, que nossa preguiça é inquieta, penosa e sem qualquer volúpia, que o nosso descanso é um tanto ansioso, febril, sorumbático e descontente, e que há em nós ao mesmo tempo não só a análise como a comparação, um ponto de vista cético e segundas intenções, enquanto nas mãos temos sempre nossos eternos, intermináveis e obsessivos afazeres diários; e, finalmente, que nos preparamos para a preguiça e o repouso como que para uma tarefa árdua e difícil, e que, por exemplo, se queremos desfrutar da natureza, então é como se tivéssemos de anotar uma semana antes no nosso calendário que em tal dia e a tal hora desfrutaremos da natureza. Isso me lembra muito um alemão meticuloso que, ao deixar Berlim, anotou da forma mais tranquila do mundo em seu caderno de viagem: "Ao passar pela cidade de Nuremberg, não se esquecer de casar". O alemão, claro, antes de mais nada, tinha um sistema na cabeça, e graças a ele não sentiu a hediondez do fato; mas, realmente, não podemos deixar de reconhecer que às vezes não há sistema nenhum em nossas ações e que as coisas acontecem exatamente como que por uma espécie de predestinação oriental. Em parte, meu amigo tem razão; é como se arrastássemos o fardo da nossa existência a muito custo, com um grande esforço, por obrigação, e nos envergonhássemos só de admitir que estamos cansados e não aguentamos mais. Mas será mesmo verdade que nos transferimos para as datchas para descansar e desfrutar da natureza? Antes, dê uma espiada em tudo o que carregamos conosco além da conta. Além de não termos deixado para trás nossas coisas velhas, de inverno, ao menos pelo tempo de uso — ao contrário, nos reabastecemos de coisas novas, vivemos de recordações, e um mexerico antigo, um caso antigo qualquer do dia a dia passa por novidade. Se não fosse assim, ficaríamos entediados, se não fosse assim, seríamos obrigados a experimentar como é um jogo de *préférance* a céu aberto, sob o canto do rouxinol, o que, aliás, é o que se faz. Ademais, em parte, é como se não tivéssemos sido feitos para desfrutar da natureza, e, mais ainda, a nossa própria natureza, como que por conhecer nossa índole, se esqueceu de se organizar para algo melhor. Por que será, por exemplo, que temos desenvolvido tão fortemente esse hábito desagradável (nem discuto que, de algum modo, ele talvez até seja muito útil em nossa economia geral) de sempre confiar nas nossas impressões, muitas vezes sem a menor necessidade, apenas por força do hábito, e ao mesmo tempo de ponderá-las com demasiada precisão; de ponderar às vezes um prazer apenas iminente, futuro, que ainda não se converteu em realidade, de valorizá-lo e de nos satisfazermos com ele de antemão, em sonhos, de nos satisfazermos com a fantasia e, depois, naturalmente, sermos inaptos para lidar com as coisas reais? Sempre despetalamos e despedaçamos a flor para sentir melhor o seu perfume, e depois ainda nos queixamos quando, em vez do aroma, só experimentamos um inebriamento. E entretanto é difícil dizer o que seria de nós se não tivéssemos ao menos esses poucos dias num ano inteiro e se não fosse essa diversidade de fenômenos da natureza a aplacar a nossa sede eterna e insaciável de uma vida natural e espontânea. Como não se sentir cansado, afinal, como não se sentir impotente, quando se vive eternamente correndo atrás de impressões como se fosse atrás de uma rima para um verso ruim, atormentado por uma sede de atividade exterior e espontânea que leva a pessoa a temer, a ponto de ficar doente, as suas próprias ilusões, as próprias quimeras de sua mente, os seus próprios devaneios e todos esses recursos auxiliares com que hoje em dia se tenta, de algum modo, preencher todo esse vazio indolente de uma vida cotidiana insípida.

E nossa sede de atividade chega ao ponto de uma espécie de impaciência febril e incontrolável: todo mundo quer uma ocupação séria; muitos, com o desejo ardente de fazer o bem e de ser útil, já começam gradualmente a compreender que a felicidade não reside no fato de a pessoa poder se dar ao luxo de ficar de braços cruzados e cair na farra um pouco de tempos em tempos, para variar, se surge uma ocasião, mas consiste numa atividade eterna e incansável e no desenvolvimento, na prática, de todas as nossas inclinações e capacidades. E será que há muitos de nós, por exemplo, que se dedicam às suas atividades, como se diz, *con amore*,[69] por gosto? Dizem que nós, russos, somos meio preguiçosos por natureza e que gostamos de nos esquivar do nosso trabalho, mas que, se ele nos é imposto, então o fazemos de modo a sequer parecer um trabalho. Mas será mesmo verdade? Que experiência justifica essa nossa característica nacional nada invejável? De um modo geral, de uns tempos para cá tem se levantado entre nós um alarido um tanto exagerado em torno da preguiça generalizada e da inatividade, as pessoas têm instigado muito umas às outras a buscar uma atividade melhor, mais útil, mas é preciso admitir que não fazem mais que instigar. E, desse modo, por qualquer motivo estão prontas a acusar o próprio colega, e possivelmente pelo simples fato de ele não morder com força, como observou Gógol certa vez.[70]

[69] Em italiano no original. (N. da T.)

[70] Referência ao conto "O capote", de Gógol, de 1842. (N. da T.)

Mas experimentem os senhores mesmos dar o primeiro passo em direção a uma *atividade melhor e mais útil*, senhores, e apresentem-na a nós, seja de que forma for; mostrem-nos *essa atividade* e, acima de tudo, façam com que nos *interessemos* por essa atividade, deixem que a realizemos *por nós mesmos* e deixem-nos dar livre curso à nossa própria criação individual. Seriam ou não capazes de fazer isso, senhores instigadores? Não, então também não têm por que nos acusar de ficar jogando conversa fora! Pois aí é que está a questão, para nós a atividade parece vir sempre por si mesma, para nós ela parece ser sempre exterior e não repercute uma simpatia especial em nós, e é nisso que se manifesta uma faculdade que é peculiarmente russa: a de fazer a coisa à força, mal feita, de modo inconsciente e, como se diz, com completo desleixo. Essa característica descreve claramente o nosso hábito nacional e se manifesta em tudo, até nos fatos mais insignificantes da nossa vida social. Para nós, por exemplo, se a pessoa não tem meios para viver num palácio como um grão-senhor ou para se vestir como deve uma pessoa de bem, para se vestir *como todo mundo* (isto é, como poucos), então nosso canto amiúde se parece com um chiqueiro, enquanto a nossa roupa é rebaixada ao ponto de um cinismo indecente. Se um homem está insatisfeito, se não tem como exprimir e mostrar o que tem de melhor (não por amor-próprio, mas em função da mais natural necessidade humana de reconhecimento, realização e condicionamento do próprio Eu na vida real), ou ele se envolve no mesmo instante em algum acontecimento dos mais incríveis ou, com o perdão da palavra, se põe a resmungar, ou então se entrega ao jogo e à trapaça ou a duelos, ou acaba enlouquecendo por *ambição*,[71] ao mesmo tempo em que, no íntimo, despreza completamente a ambi-

[71] Esse motivo foi desenvolvido por Dostoiévski no romance *O duplo*, de 1846. (N. da T.)

ção e até se martiriza pelo fato de sofrer por uma coisa tão insignificante como a ambição. E de repente — chega involuntariamente a uma conclusão quase injusta, até mesmo ofensiva, mas que aparenta ser *muito provável*, de que temos pouco senso de dignidade pessoal; de que temos pouco egoísmo necessário e de que, por fim, não estamos habituados a fazer o bem sem esperar recompensa. Por exemplo, deem uma tarefa qualquer a um alemão meticuloso e sistemático, uma tarefa contrária a todas as suas inclinações, e limite-se a fazê-lo ver que essa atividade há de encaminhá-lo na vida, há, por exemplo, de alimentá-lo e à sua família, de torná-lo alguém e de conduzi-lo aos objetivos desejados etc., e o alemão imediatamente porá mãos à obra, irá concluí-la sem fazer objeções e ainda vai introduzir algum sistema novo, especial, em sua ocupação. Mas isso é bom? Em parte, não; porque nesse caso a pessoa chega a outro extremo terrível, a uma imobilidade fleumática que por vezes exclui completamente o homem e inclui em seu lugar o sistema, a obrigação, a fórmula e a reverência incondicional aos costumes dos antepassados, ainda que os costumes dos antepassados não estejam de acordo com as exigências do século atual. A reforma de Pedro, o Grande, que criou na *Rus* uma atividade livre, teria sido impossível com esse elemento no nosso caráter nacional, um elemento que amiúde assume a forma de uma beleza ingênua, mas às vezes extremamente cômica. Vimos que o alemão pode noivar até os cinquenta anos de idade, ensinar os filhos dos proprietários rurais russos, poupar todo e qualquer copeque e assim, por fim, se unir em legítimo matrimônio à sua heroicamente fiel Minchen,[72] ressequida pelo longo tempo de celibato. Um russo não suportaria, ele logo deixaria de amar ou ia *se descuidar*, ou então faria alguma outra coisa — e aqui é possível citar, com bastante fidelidade, um

[72] Forma russificada de *Mädchen*, "moça", em alemão. (N. da T.)

famoso provérbio ao contrário: o que faz bem ao alemão, para o russo é a morte. Mas serão muitos de nós os russos que possuem meios para realizar o seu trabalho com amor, como deve ser? Porque qualquer trabalho requer vontade, requer amor ao que se faz, requer o homem por inteiro. Serão muitos, afinal, os que descobriram a sua real atividade? Algumas atividades requerem meios preliminares, garantias, e um homem pode não ter inclinação para certos tipos de trabalho: é só ele descuidar e, num piscar de olhos, a coisa lhe escapa das mãos. Então, nesses temperamentos ávidos de atividade, ávidos de uma vida mais espontânea, ávidos de realidade, mas frágeis, afeminados e delicados, pouco a pouco começa a emergir aquilo que se chama de devaneio, e a pessoa por fim se transforma não em um homem, mas numa espécie de criatura estranha do gênero neutro: um *sonhador*. Sabem o que é um sonhador, senhores? É um pesadelo de Petersburgo, uma encarnação do pecado, uma tragédia muda, misteriosa, sombria e selvagem, com todos os horrores frenéticos, com todas as catástrofes, peripécias, tramas e desenlaces — e não é por brincadeira, absolutamente, que digo isso. O senhor às vezes encontra um homem distraído, com o olhar vago e embaciado, geralmente de faces pálidas e enrugadas, que parece estar sempre ocupado com alguma coisa terrivelmente desoladora, que é de quebrar a cabeça, às vezes esgotado e extenuado como que por um trabalho árduo, mas que no fundo não produz absolutamente nada, assim é o sonhador visto de fora. O sonhador é sempre difícil porque ele é desigual ao extremo: ora está demasiado alegre, ora demasiado abatido, ora é rude, ora é atencioso e terno, ora é egoísta e ora é capaz dos sentimentos mais nobres. Como funcionários, esses senhores são completamente ineptos, mesmo que estejam empregados, ainda assim não servem para nada e não fazem senão ir *empurrando* o serviço, o que, no fundo, é quase pior que a ociosidade. Eles sentem uma repugnância profunda a qualquer formalidade e, apesar disso — no fundo por serem dóceis, complacentes e terem medo de não se deixarem tocar —, são os mais formalistas. Mas em casa são completamente diferentes. Costumam viver a maior parte do tempo num recolhimento profundo, em cantos inacessíveis, como que se ocultando neles das pessoas e da luz, e, em geral, algo de melodramático nos salta aos olhos quando os vemos pela primeira vez. Vivem ensimesmados, e com os de casa são sorumbáticos e taciturnos. Mas gostam de tudo o que se refere à preguiça, à frivolidade e à contemplação, de tudo o que age delicadamente em seus sentimentos ou estimula suas sensações. Gostam de ler, e de ler todo tipo de livro, mesmo os sérios e específicos, mas, geralmente, na segunda ou terceira página abandonam a leitura por já se sentirem plenamente satisfeitos. Sua fantasia excitada, volátil e etérea já está desperta, suas impressões estão afinadas, e todo um mundo de sonhos, com alegrias e tristezas, inferno e paraíso, com as mulheres mais cativantes, feitos heroicos, atividades nobres, sempre com alguma luta titânica, com crimes e todo tipo de horrores, se apodera subitamente de toda a existência do sonhador. O quarto desaparece, o espaço também, o tempo para ou voa tão rápido que uma hora parece um minuto. Às vezes passa noites inteiras em prazeres indescritíveis sem se dar conta; muitas vezes, em algumas horas vive um paraíso de amor ou uma vida inteira, enorme, gigantesca, inaudita, maravilhosa como um sonho e grandiosamente bela. Por algum arbítrio desconhecido, o pulso se lhe acelera, lágrimas jorram, as faces pálidas e úmidas queimam com um fogo febril, e quando a aurora, com sua luz rósea, brilha na janela do sonhador, ele está pálido, enfermo, desfigurado e feliz. Ele se joga na cama quase inconsciente e, antes de adormecer, ainda por muito tempo sente no coração uma sensação física dolorosamente agradável... Os minutos de lucidez são terríveis; o infeliz não os pode suportar e imediatamente toma o seu veneno em novas doses ainda maiores. E de novo um livro, um motivo musical, uma lembrança qualquer da vida real, antiga, antiquíssima, em suma, basta um, entre mil motivos, e dos mais insignificantes, e o veneno já está preparado, a fantasia torna a se estender brilhante e suntuosamente sobre a tela bordada e filigranada de seu devaneio misterioso e tranquilo. Na rua ele caminha cabisbaixo, prestando pouca atenção às pessoas ao seu redor, e mesmo aí se esquece às vezes completamente da realidade, mas se nota algo, um detalhe dos mais corriqueiros e insignificantes, o fato mais vazio e ordinário adquire imediatamente em sua mente um colorido fantástico. Até seu olhar está afinado como que para enxergar o fantástico em tudo. Um contravento fechado em plena luz do dia, uma velha disforme, um senhor que vem ao seu encontro gesticulando e falando sozinho em voz alta, como, por sinal, encontramos tantas vezes, uma cena familiar na janela de uma casinha pobre, de madeira, tudo isso já é quase uma aventura.

A imaginação está afinada; num instante concebe toda uma história, uma novela, um romance... Quase sempre a realidade produz uma impressão dolorosa e hostil no coração do sonhador, e ele corre a se esconder em seu cantinho secreto, dourado, que na realidade não tem asseio, é empoeirado, desarrumado e sujo. Pouco a pouco, nosso traquinas começa a se esquivar da multidão, a se esquivar dos interesses comuns, e aos poucos, imperceptivelmente, seu talento para a vida real começa a se embotar. Naturalmente, começa a lhe parecer que os prazeres proporcionados por suas fantasias voluntariosas são mais plenos, mais esplêndidos e encantadores do que a vida real. Por fim, nessa ilusão, perde completamente aquele instinto moral que possibilita ao homem apreciar toda a beleza do presente, ele se desencaminha, se perde, deixa escapar os momentos de felicidade real e, em sua apatia, cruza indolentemente os braços e nem quer saber que a vida humana é uma contemplação incessante de si mesmo na natureza e na realidade de cada dia. Há sonhadores que chegam a celebrar o aniversário de suas sensações fantásticas. Eles costumam observar as datas em que foram particularmente felizes e que os favoreceu com as fantasias mais prazerosas, e se lhes acontecia de nessa hora estarem perambulando por determinada rua, lendo determinado livro, ou de avistarem uma mulher, procuravam a todo custo repetir aquela mesma coisa no aniversário de suas impressões, tentando copiar e reter na memória as circunstâncias mais ínfimas da sua felicidade impotente e apodrecida. Não é uma tragédia uma vida dessas? Não é um pecado e um horror? Não é uma caricatura? E não somos todos nós mais ou menos sonhadores?... A vida na datcha, cheia de impressões externas, a natureza, o movimento, o sol, o verde e as mulheres, que no verão são tão belas e gentis — tudo isso é extremamente útil para essa Petersburgo enferma, estranha e lúgubre, onde a juventude perece tão cedo, as esperanças murcham tão depressa, a saúde se deteriora tão depressa e o homem se esgota todo tão depressa. O sol é um hóspede tão raro em nossa cidade, o verde é uma coisa tão preciosa, e nós nos acostumamos aos nossos cantos de inverno com tanto afinco que a novidade dos hábitos, a mudança de lugar e de vida só podem exercer sobre nós os efeitos mais benéficos. A cidade está tão magnífica e vazia!, embora alguns excêntricos gostem mais dela no verão do que em qualquer outra estação. Além do mais, nosso pobre verão é tão curto; ninguém sequer nota que as folhas amarelecem, que as últimas flores rareiam e murcham, a chegada da umidade e da névoa, a volta do outono insalubre, o recomeço da vida fervilhante de antes... Uma perspectiva desagradável — pelo menos agora.

*F. D.*

# SOBRE O AUTOR

Fiódor Mikháilovitch Dostoiévski nasceu em Moscou a 30 de outubro de 1821, num hospital para indigentes onde seu pai trabalhava como médico. Em 1838, um ano depois da morte da mãe por tuberculose, ingressa na Escola de Engenharia Militar de São Petersburgo. Ali aprofunda seu conhecimento das literaturas russa, francesa e outras. No ano seguinte, o pai é assassinado pelos servos de sua pequena propriedade rural.

Só e sem recursos, em 1844 Dostoiévski decide dar livre curso à sua vocação de escritor: abandona a carreira militar e escreve seu primeiro romance, *Gente pobre*, publicado dois anos mais tarde, com calorosa recepção da crítica. Passa a frequentar círculos revolucionários de Petersburgo e em 1849 é preso e condenado à morte. No derradeiro minuto, tem a pena comutada para quatro anos de trabalhos forçados, seguidos por prestação de serviços como soldado na Sibéria — experiência que será retratada em *Escritos da casa morta*, livro que começou a ser publicado em 1860, um ano antes de *Humilhados e ofendidos*.

Em 1857 casa-se com Maria Dmitrievna e, três anos depois, volta a Petersburgo, onde funda, com o irmão Mikhail, a revista literária *O Tempo*, fechada pela censura em 1863. Em 1864 lança outra revista, *A Época*, onde imprime a primeira parte de *Memórias do subsolo*. Nesse ano, perde a mulher e o irmão. Em 1866, publica *Crime e castigo* e conhece Anna Grigórievna, estenógrafa que o ajuda a terminar o livro *Um jogador*, e será sua companheira até o fim da vida. Em 1867, o casal, acossado por dívidas, embarca para a Europa, fugindo dos credores. Nesse período, ele escreve *O idiota* (1869) e *O eterno marido* (1870). De volta a Petersburgo, publica *Os demônios* (1872), *O adolescente* (1875) e inicia a edição do *Diário de um escritor* (1873-1881).

Em 1878, após a morte do filho Aleksiêi, de três anos, começa a escrever *Os irmãos Karamázov*, que será publicado em fins de 1880. Reconhecido pela crítica e por milhares de leitores como um dos maiores autores russos de todos os tempos, Dostoiévski morre em 28 de janeiro de 1881, deixando vários projetos inconclusos, entre eles a continuação de *Os irmãos Karamázov*, talvez sua obra mais ambiciosa.

# SOBRE A TRADUTORA

Fátima Bianchi é professora da área de Língua e Literatura Russa do curso de Letras da Faculdade de Filosofia, Letras e Ciências Humanas da Universidade de São Paulo. Entre 1983 e 1985, estudou no Instituto Púchkin de Língua e Literatura Russa, em Moscou. Defendeu sua dissertação de mestrado (sobre a novela *Uma criatura dócil*, de Dostoiévski) e sua tese de doutorado (para a qual traduziu a novela *A senhoria*, do mesmo autor) na área de Teoria Literária e Literatura Comparada, também na USP. Em 2005 fez estágio na Faculdade de Filologia da Universidade Estatal de Moscou Lomonóssov, com uma bolsa da CAPES.

Traduziu *Ássia* (Cosac Naify, 2002) e *Rúdin* (Editora 34, 2012), de Ivan Turguêniev; *Verão em Baden-Baden*, de Leonid Tsípkin (Companhia das Letras, 2003); e *Uma criatura dócil* (Cosac Naify, 2003), *A senhoria* (Editora 34, 2006), *Gente pobre* (Editora 34, 2009), *Um pequeno herói* (Editora 34, 2015), *Humilhados e ofendidos* (Editora 34, 2018) e *Crônicas de Petersburgo* (2020), de Fiódor Dostoiévski, além de diversos contos e artigos de crítica literária. Assinou também a organização e apresentação do volume *Contos reunidos*, de Dostoiévski (Editora 34, 2017). Tem participado de conferências sobre a vida e obra de Dostoiévski em várias localidades, é editora da *RUS — Revista de Literatura e Cultura Russa*, da Universidade de São Paulo, e ocupa o cargo de coordenadora regional da International Dostoevsky Society.

Este livro foi composto em Sabon
pela Bracher & Malta, com CTP da
New Print e impressão da Graphium
em papel Pólen Bold 90 g/m² da Cia.
Suzano de Papel e Celulose para a
Editora 34, em setembro de 2023.